雨と短銃

伊吹亜門

慶応元年、倒幕を志す坂本龍馬の仲介により薩摩藩と長州藩は協約を結ばんとしていたが、一件の凶事が締結を阻む。上洛していた薩摩藩士が稲荷神社の境内で長州藩士を斬りつけ、行方を晦ませたというのだ。このままでは協約の協議の決裂は必定、倒幕の志も水泡に帰す。事態を憂慮した龍馬の依頼で、若き尾張藩の公用人・鹿野師光が捜査に乗り出す。果たして下手人は、どのようにして目撃者の眼前で逃げ場のない鳥居道から姿を消したのか。後世に語り継がれる歴史の転換点の裏で起きた不可能犯罪に、名もなき藩士が挑む。破格の評価を受けた『刀と傘』の前日を描いた長編時代本格推理。

登場人物

鹿野師光《かのもろみつ》……尾張藩、公用人

坂本龍馬《さかもとりょうま》……土佐脱藩、薩長協約を目指す

中岡慎太郎《なかおかしんたろう》……土佐脱藩、薩長協約を目指す

大曾根一衛《おおそねかずえ》……土佐脱藩、師光の知人

桂小五郎《かつらこごろう》……長州藩、藩内過激派の筆頭

小此木鶴羽《おこのぎつるは》……長州藩、桂の名代として龍馬らに同行する

村岡伊助《むらおかいすけ》……長州脱藩、現在は奉行所の密偵として暗躍

西郷吉之助《さいごうきちのすけ》……薩摩藩、在京藩士たちの中心人物

中村半次郎《なかむらはんじろう》……薩摩藩、西郷の護衛役

菊水簾吾郎《きくすいれんごろう》……薩摩藩、藩の渉外役を務める

鉈《なた》落《おち》左《さ》団次《だんじ》……薩摩藩、菊水の前任者

三柳《みやなぎ》北枝《ほくし》……新発田藩、師光の友人

土方《ひじかた》歳三《としぞう》……新撰組副長

作兵衛《さくべえ》……村雲稲荷の社家に仕える下男

弥四郎《やしろう》……作兵衛の孫

漢林堂《かんりんどう》江悦《こうえつ》……合薬屋「漢林堂」の主人

雨と短銃

伊吹亜門

創元推理文庫

HAVE YOU EVER SEEN THE RAIN

by

Amon Ibuki

2021

目次

今出《いまで》川《がわ》の思い出に――

雨と短銃

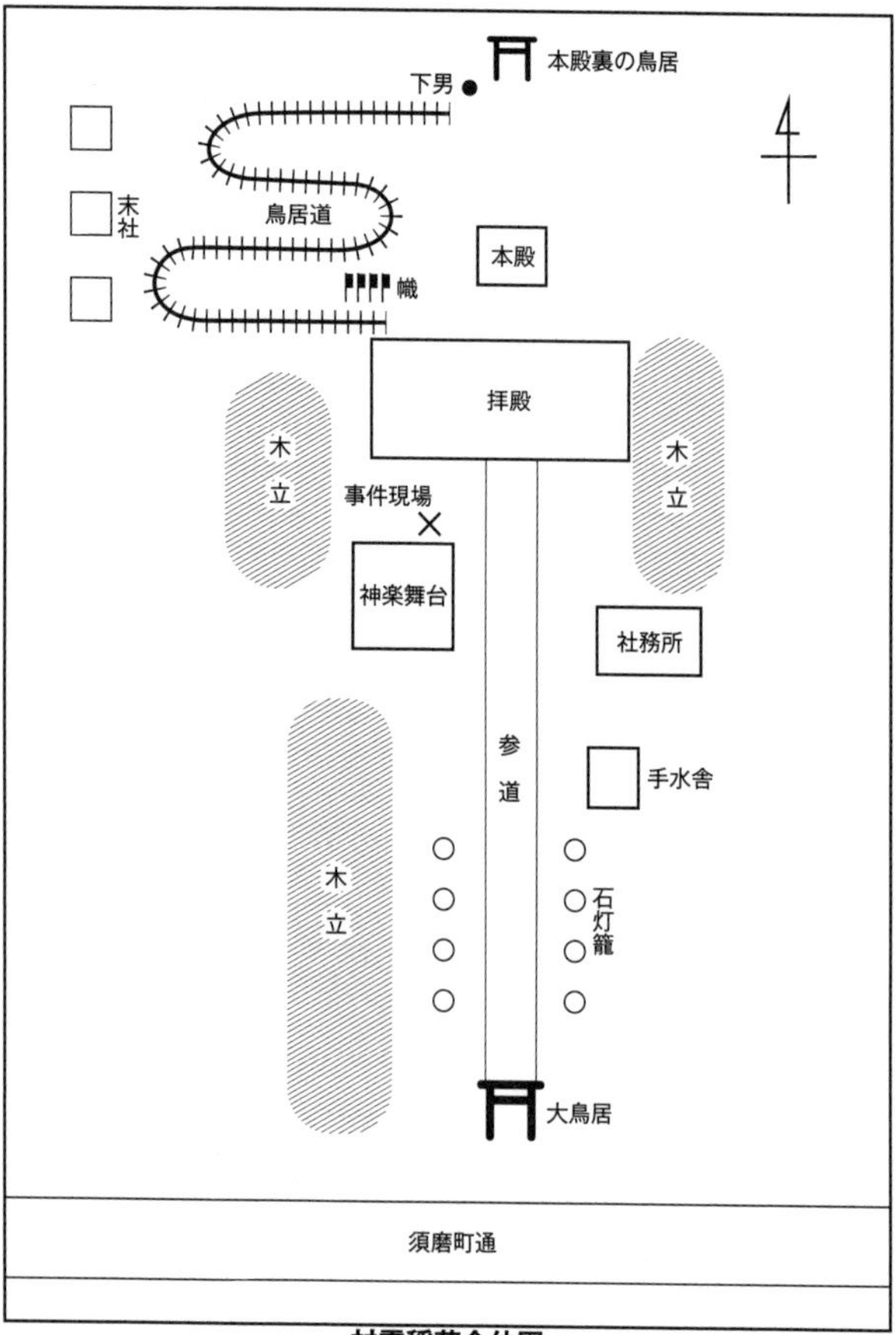
本殿裏の鳥居
下男
末社
鳥居道
本殿
幟
拝殿
木立
事件現場
木立
神楽舞台
社務所
参道
手水舍
木立
石灯籠
大鳥居
須磨町通

村雲稲荷全体図

序章に代わる四つの情景

一

　終わりだという呟きに、中岡慎太郎《なかおかしんたろう》は顔を上げた。

「これで終わりだよ中岡君。長州《ちょうしゅう》は滅ぶ。終わりだ」

　組んでいた腕を解きながら、桂小五郎《かつらこごろう》は嗄《か》れた声で云った。先ほどまでは憤怒《ふんぬ》に赤く染まっていた顔も、今は生気が抜けたように白くなっている。

「桂さん、そんなことは決して」

「なら君は、今の長州が幕府と戦って勝てると思うのかね」

　返す言葉もなく、中岡はそのままの姿勢で再び項垂《うなだ》れた。

「なに、君が責任を感じることはない。薩摩《さつま》の豚どもを少しでも信じた僕が莫迦《ばか》だっただけだ」

　語尾を震わせながら、桂は笑い声を上げた。

　中岡は居たたまれずに腿の上で拳《こぶし》を握る。何か云わなくてはと口を開き掛けたその時、のんびりした声が隣から上がった。

「まあそんなに怒るな、まだ長州が負けると決まった訳じゃない。打つ手はある」

驚き顔を向けると、坂本龍馬《さかもとりょうま》が笑みを浮かべながら膝を崩していた。

「ほう、打つ手ときたか。なあ坂本君、いいかね、よく聞いてくれ。最早《もはや》我らには、君の戯《ざ》れ言《ごと》に付き合っている暇は、ないのだ」

頰を引き攣《つ》らせて肩の力を抜く桂の姿に、中岡は息を飲んだ。

龍馬の次の言葉次第で、桂の手は脇に置かれた太刀《たち》に伸ばされることだろう。それだけは止めなければならない。

慌てて割って入ろうとしたが、そんな中岡の恐慌など何処《どこ》吹く風といった態《てい》で龍馬は身を乗り出した。

「戯れ言なんかじゃない、俺はいつだって大まじめさ。確かにこのまま戦《いくさ》になれば長州は負ける。そりゃそうだ、だって船も武器も碌《ろく》な物がないんだから。だけど、云ってしまえばそれだけの話だ」

「何が云いたい」

「簡単なこと。手元にないのなら、新しいのを買えばいい。外国から買い入れた最新の軍艦と銃器さえ手元に揃えれば、いくら幕府が数に任せて攻めてきたって怖くはない。そうだろう?」

「待てよ龍馬、そりゃ無茶だ。開港場は何処も幕府の管轄なんだぞ。そんな場所で長州が取引出来る訳もないし、そもそもどの国だって幕府と敵対している長州に武器を売ってくれる筈《はず》がない」

「知ってるよ。だったら薩摩の名前を使えばいいだけだ」

桂は呆れたように息を吐いた。

「莫迦を云うな。薩摩に我らと手を結ぶ気がないことは知れたばかりじゃないか。無理だ。そんなこと出来る訳がない」

「何が無理なもんか。俺の起《た》ち上げた亀山社中《かめやましやちゆう》は、薩摩から商売の一切を任せられた商社なんだぜ？　だから俺たちは、薩摩の名義で軍艦と銃器を外国から買い付けることが出来る」

「ああ、そうか」

中岡は思わず膝を打った。漸《ようや》く話が繋がったのだ。

「つまりこういうことだろう？　龍馬たちが薩摩名義で買い入れた武器類を、そっくりそのまま長州に回す。そうすれば、結局は薩摩が長州に手を貸したことになる」

「その通りだ。な、悪くないだろ？」

「待ち給《たま》え。云わんとすることは分かった。だが、君の話からは肝心の薩摩の意向が抜けている。連中が是《ぜ》としなければ、君らも勝手には動けまい。何も問題は変わらんぞ」

そりゃそうだと龍馬はあっさり首肯《しゆこう》した。

「では、どうするつもりなんだね」

「今から京へ上り、西郷《さいごう》を説得する」

桂は唖然とした顔になった。

「本気で云っているのか。今の京に入るなぞ、殺されに行くようなものじゃないか」

「それぐらいしないと、あんたも信じてはくれないだろう？　元より覚悟の上だ。長州と薩摩に手を握らせるためなら、俺たちは何だってやる。なあ慎の字」

中岡は深く頷いた。この話が纏《まと》まるならば、己の身の安全など二の次だ。

桂は口を閉ざし、畳《たたみ》の上に目線を落とす。この話に乗るべきか否か、胸の裡《うち》で見積もっているのだろう。

なあ桂さんと龍馬は膝を進めた。

「このまま進めば間違いなく長州は滅びる。頭の良いあんたならとうの昔に分かってる筈だ。だったら、やらないで悔やむよりやって後悔した方がまだましだとは思わないか」

龍馬の口調からは、先ほどまでの飄《ひょうひょう》々とした調子が消えていた。

「承知した。長州の命運は君たちに預けよう」

長い沈黙ののち、桂はゆっくりと面《おもて》を上げた。

「それじゃあ、やるとするか」

大きく頷く中岡の横で、龍馬は愉快そうに顎を撫でていた。

二

「君には京へ行って貰いたい」

相手の顔を正面に見据え、桂小五郎は静かに口を開いた。

総髪に結った眼前の若者は目を見開いた。

「私が、でございますか」

「そうだ。土佐《とさ》の坂本君と中岡君は知っているな？　近い内に彼らは京へ上る。君はその二人に付いて上洛《じょうらく》し、我が藩のために種々の活動に身を奉じて貰いたい」

下唇を嚙んだまま、相手は顔を伏せた。

桂は、そんな青年の姿を黙って見詰める。線の細い、桂からすれば華奢《きゃしゃ》にも思える青年だった。

しかし、そんな蒲柳《ほりゅう》の外見とは裏腹に、彼が柳生新陰流《やぎゅうしんかげりゅう》免許皆伝の腕前であることを桂は知っていた。青年は名を小此木《おこのぎ》鶴羽《つるは》といい、歳は二十五になったばかりだと聞いている。

「怖いのかね」

桂の言葉に、小此木は猛然と頭を上げる。

「左様《さよう》なことは決して。ですがその、何と申しますか」

「僕は、君が適任だと思っている。いま、我ら長州人が京に入るのは死地に赴《おもむ》くに等しい。いくら頭の切れる者でも、まるで刀を握ったことがないようでは三日と生き存《なが》らえまい。その点、君ならば剣の腕も確かだ」

先の戦で長州が京を追われる以前、小此木は桂を始めとした京都滞在中の長州藩要人に護衛役として付き従っていた。そのため、洛中洛外の地理にも当然明るい筈だ。

畏《おそ》れ入りますと小此木は頭を下げた。

「あまりに突然なお話ですので、正直驚いております。委細《いさい》は存じませんが、坂本様たちが関わっていらっしゃる此度《こたび》の一件は、長州の存亡にも関わる極めて重要な案件だと仲間内でも話題に上がっておりました。斯様《かよう》な大役を、私のような若輩にお任せ頂いてよろしいのですか」

桂は少し考えてから、小此木を試してみることにした。

「坂本君は、我らと薩摩に手を握らせようとしている。京に向かうのは西郷を口説《くど》くためだ。長州は、薩摩を通じて英国の軍艦と銃器を買う。それを以《もっ》て、我らは幕府と戦う。これが坂本君の描いた計画だ」

桂はそこで言葉を切り、相手の反応を覗《うかが》った。

小此木の狭い額の下では、切れ長の双眸が困惑の色に染まっていた。

「君は坂本君の計画を聞いてどう思った」

「よい考えだとは思います。しかし、長州の他の者が薩摩に対して抱いている悪感情のことを思いますと、そんな計画を推し進めることは桂先生にとっても危ういのではありませんか」

桂は大きく頷いた。望んでいた以上の答えだった。

「決まりだ。矢張《やは》り僕の見立ては間違っていなかった。鶴羽、京に行くのは君を措《お》いて他にない」

「本当に私でよろしいのですか」

「よろしいも何も、薩摩が絡む案件でそこまで冷静に物事を捉えられる者はそういない。それに、君は薩摩の連中にも顔が利いた筈だ」

薩摩に対する憎悪は、未《いま》だ長州藩内に根深く残っている。

文久《ぶんきゅう》三（一八六三）年の八月十八日の政変に於《お》いても、元治《がんじ》元（一八六四）年の禁門《きんもん》の戦に於いても、長州は薩摩に煮え湯を飲まされ続けてきた。若い藩士の多くは、自分たちを京から追放した会津《あいづ》と薩摩への憎しみを忘れぬため、下駄に「薩賊会奸」と書いて日夜踏み締めているという。そんな薩摩嫌いの者を遣わしたのでは、纏まる話も纏まらない。

小此木は戸惑い顔のまま頷いた。

「多い訳ではございませんが、親しい者ならば一人、菊水簾吾郎《きくすいれんごろう》という者がおります。西郷から他藩との折衝《せっしょう》役を命じられている男ですので、奴を通じて申し入れるのならば、きっと西郷にも話が届きましょう」

「いや、話を持ち込むのは坂本君に任せておけばいい。君の仕事は、坂本君が設《もう》けた薩摩との会合に同席し、連中の反応をその目で見て来ることだ」

坂本君の言葉だけを信じる訳にはいかないからな――桂は胸の裡でそう付け足した。

口では賛同したものの、桂とて龍馬に全幅《ぜんぷく》の信頼を置いている訳ではない。薩摩の手を借りるのは、飽くまで一手。利にならないと分かったのなら、棄て置いて他の道を選ぶだけだ。

「坂本君には再三云っておいたが、薩摩に阿《おもね》る必要は一切ない。むしろ、奴らを利用するぐらいの気持ちでい給え。いいな?」

小此木は険《けわ》しい顔のまま畳に手を突《つ》き、畏《かしこ》まりましたと深く平伏した。

三

握った指先が、ぬるりと汗で滑った。

中村半次郎《なかむらはんじろう》は拳を開き、濡れた掌《てのひら》を袴《はかま》で拭《ぬぐ》う。

不意に弾《はじ》けるような笑い声が上がった。半次郎は目だけを動かし、上座の集団を見遣《みや》った。

足を崩した坂本龍馬が、身体を左右に揺らしながら大笑していた。

「そりゃ凄い、さすが西郷さんだ」

「いやいやお恥ずかしい限りで」

西郷吉之助《きちのすけ》は大きな身体を動かして、膳《ぜん》越しに銚子《ちょうし》を差し出した。龍馬も腕を伸ばし、盃《さかずき》でそれを受ける。

今度は龍馬が小咄《こばなし》を始めた。西郷も屈託ない笑顔でそれを聞いている。

目線を戻しながら、半次郎はそっと息吹《いぶ》いた。気付かぬ内に息を詰めていたようだ。

小脇の太刀に目を落とす。

半次郎は、西郷の合図で龍馬と連れ二人に斬って掛かる手筈になっていた。しかし、宴が始まって半刻《はんとき》以上経った今となっても、西郷は何の素振りも見せようとしない。

若《も》しや自分が見落としたんじゃないか、いやそんな筈はない——自問自答を幾度も繰り返し、半次郎は肚《はら》の底が焦げ付くようだった。

土佐の坂本龍馬を名乗る見窄《みすぼ》らしい身形《みなり》の男が、御所の北に位置するこの二本松《にほんまつ》薩摩藩邸の門を叩いたのは今日の夕刻のことだった。

男は同伴者二人を連れ、応対に出た門番に素性を名乗ったのち、西郷吉之助に用があると強い口調で申し出た。

龍馬の来訪を報された西郷は酷く驚き、直《す》ぐ本人か確かめるよう半次郎に命じた。

半次郎は物陰から玄関に立つ三人を覗《のぞ》き見たが、大柄で背の高い先頭の男は坂本龍馬その人に違いなく、脇に立つ四角い顔の男は同じ土佐脱藩の浪人、中岡慎太郎に相違なかった。そしてそんな二人の後ろには、半次郎と同年代の、見覚えがある青年が控えていた。未《ま》だ長州が京都で強勢を誇っていた当時、護衛としていつも桂小五郎に付き従っていた小此木鶴羽という長州藩士だった。

厄介なことになったと半次郎は思った。

半次郎は、西郷がこの三人に対して大きな負い目があることを知っていた。西郷は今年の春、上洛する途中で長州との会談に臨《のぞ》むという龍馬たちの提案を、直前になって反故《ほご》にしていた。

理由は半次郎も分からない。確かなことは、初めの内は西郷も乗り気だったということだけだ。

しかし、薩摩を発《た》った汽船が日向沖《ひゅうがおき》を過ぎた辺りから西郷は急に寡黙になり、豊後佐賀関《ぶんごさがのせき》に寄港した途端、唐突に「長州との会談は延期する」と宣言した。

薩摩から同乗していた中岡は当然驚き翻意を促《うなが》したが、西郷は頑《がん》として聞き容《い》れなかった。

結果、憤然として中岡の去った薩摩藩の汽船は下関《しものせき》――二藩融和のために奔走する龍馬や、藩内の反対派を抑えて会談に臨もうとした桂の目の前――を素通りして大坂《おおさか》に向かった訳である。

坂本たちに間違いないと報告を受けた西郷は、苦虫を噛み潰したような顔になった。そんな仕打ちを味わわせた者たちが、まさか京都にまで追いかけて来るとは考えてもいなかったのだろう。

暫《しば》し黙考したのち、西郷は三人を座敷に通すよう命じた。

本当に大丈夫なのかと半次郎は問い返さずにいられなかった。相手は、身を賭しての計画を西郷に潰されている。顔を合わせた瞬間に刀が抜かれても可怪《おか》しくはない。

そんな半次郎の懸念を察してか、西郷は同席を命じた後、あっさりとこう付け足した。

「手を鳴らしたら済ませろよ」

しかし、そんな西郷や半次郎の予想は大きく外れることとなる。

襖《ふすま》を開けた先に待っていたのは、笑顔でこちらを見る龍馬の姿だった。

「やあ西郷さん、久しぶりだ」

龍馬は腰を下ろしたまま、手元の紙包みを揺らした。

「土産に軍鶏《しやも》を買ってきた。炙《あぶ》ったこいつを肴《さかな》に皆で酒でも飲もう」

出鼻を挫《くじ》かれた西郷は、酒宴が始まってからも普段の勢いを取り戻せずにいた。途中で何度かは来訪の意図について探りを入れようとしていたが、その尽《ことごと》くを龍馬にのらりくらりと躱《かわ》され、結局は聴き手に徹せざるを得ないでいた。控えている半次郎からすればもどかしくて仕方がないが、それだけの理由で斬り掛かる訳にもいかない。

西郷先生さえ命じてくれたら直ぐにでも首を飛ばしてやるのに――半次郎は平静を装いながら、腿の上で拳を握り締めていた。

尤《もつと》も、そんな龍馬の姿に苛ついていたのは半次郎だけではなかった。

龍馬の横に腰を下ろした中岡は、その四角い顔を更に角張らせ、苛々した様子で幾度も龍馬を瞥見《べつけん》していた。他愛のない世間話に興じる龍馬に気を揉んでいることは、傍目《はため》にも明らかだった。

事前の打ち合わせすらしていないのかと呆れる一方、半次郎はいよいよ龍馬の意図が分からなくなっていた。

龍馬たちは、幕吏が目を光らせる今の京都に敢《あ》えて入ったのである。彼らの目的は考える迄《まで》もなく、西郷が足蹴《あしげ》にした薩長の融和に関することなのだろう。現に、二人は長州藩士の小此木鶴羽を連れて来ているではないか。

小豆色《あずき》の羽織を纏《まと》った小此木は、余程緊張しているのか先ほどから一言も声を発していない。俯《うつむ》きがちな白皙《はくせき》の面は、磁器のように蒼褪《あおざ》めていた。

西郷も矢張りこの男の存在が気になったのか、半次郎の目の前で、大きな頭が龍馬から小此木に向けられた——その時だった。

「ところで西郷さん、長州との話だがね」

半次郎も慌てて龍馬に目を向ける。先ほどまでとは打って変わった真剣な眼差《まなざ》しが、西郷に向けられていた。

「薩摩と長州が手を結ぶ。それこそ、この国に残された唯一の道だと俺は思っている。それは、あんたも一度は納得してくれた筈だ」

「いや坂本さん、それは」

「なんだ違うのか」

西郷はいつもの調子で笑って流そうとしたが、龍馬は許さなかった。四方山《よもやま》話に興じる傍《かたわ》ら、この男は西郷の気が緩《ゆる》む瞬間をずっと狙っていたのだ。

中岡は険しい顔で押し黙り、小此木は顔を伏せたまま微動だにしない。

音を立てぬように注意して、半次郎は素早く太刀を引き寄せた。

「薩摩と長州で手を結べば、それは長州だけじゃなく薩摩にとっても益《えき》となることは再三説明した。不作に喘ぐ薩摩が欲しいだけの米を、長州なら用意出来る。桂さんは、既に一歩を踏み出した。なあ西郷さん。後はあんたがどうするかだけだ」

「坂本さんの仰《おつしや》る通りです。しかし、国元には頭の固い連中が大勢いましてなあ。私の力だけではどうにも出来んのです」

「天下の西郷吉之助を以てしてもか？　嘘はいけないな」

「いやしかし」

「不安の種を探してたら一歩も前には進めないぜ。先《ま》ずはやると決めて、実際どう動くかはその後で考えればいいんじゃないのかい。俺はそう思うよ」

鞘《さや》を摑む手に力が入る。ここで西郷が手を鳴らせば、龍馬らの口は永遠に閉ざされることになる。

龍馬は酒盃を引き寄せ、少しだけ口を付ける。その間も、西郷からは目線を外さなかった。

冷たい汗が一筋、半次郎の首筋から背に流れ落ちていった。

ぱん。

手の打ち鳴らされる乾いた音が、座敷中に響き渡った。

半次郎は素早く柄《つか》に手を掛ける。

しかし、立ち上がろうとしたその脚を、西郷の声が釘刺しにした。

「分かりました。それなら坂本さん、改めて話を聞かせて貰いましょうか」

西郷が他藩の人間に対してのみ使う、いつもの快活な声だった。

膝立ちの姿勢のまま半次郎は固まった——今のは合図ではなかったのか。

「おい半次郎」

西郷が首だけで振り返り、混乱する半次郎の顔を見た。

「今夜は長くなるな。酒が足りんから、もっと持って来い」

陽だまりのような温かい笑顔だが、見開かれた巨眼は夜の沼のように黒々としている。

「はっ」

半次郎は刀を投げ棄て、飛び退《の》くようにして平伏した。

「それじゃあ始めようかね」

早鐘のような鼓動を感じながら、半次郎は、元に戻った龍馬の飄々とした声を頭上に聞いていた。

薩長協約に関する話し合いは、それから夜更けにまで及んだ。基本は中岡が話を先導したが、龍馬も時々は口を挟み、長州の意向に関しては小此木もぽつりぽつりと口を開いた。

続きは後日となり三人が去った頃には、下弦の月が東の空にかかろうとしていた。静けさを取り戻した座敷には、男たちの汗と濃い酒精の臭いが漂っていた。

「相変わらず妙な御仁だ」

縁側で胡座《あぐら》をかく西郷が、ぽつりと呟いた。

そうですねと答えかけて、半次郎は再び口を閉ざす。西郷には、独り言を呟きながら考えを纏めるという癖があった。今の呟きも、恐らく自分に向けられた言葉ではないのだろう。

半次郎は居住まいを正し、目線を西郷の巨大な背からその先の庭に移した。

昼間は目が覚めるような白洲《しらす》も、茫《ぼう》とした月に照らされて今は少し青ざめて見える。守宮《やもり》の声が、途切れがちに響いていた。

「何が目的なのか、何も狙っちゃおらんのか」

西郷は腕を伸ばし、脇の大皿に盛られた饅頭《まんじゆう》を一つ摑み取る。

「半次郎、お前はどう思う」

「どう、とは」

「あの男の肚だ」

「分かりません」

少し考えてから、結局半次郎は正直に答えた。

何が可笑《おか》しいのか、口一杯に饅頭を頰張ってから、西郷は笑った。

「薩摩と長州が手を結ぶ、か」

「どうなさるおつもりですか」

西郷は黙って口を動かしている。

開け放たれた障子から吹き込む夜風は冷たく心地よい。糸が切れるように、守宮の声が止まった。

「そろそろ、本腰を入れる時機かも知れんな」

手に付いた饅頭の粉を払いながら、西郷はのっそりと立ち上がった。

「簾吾郎は大坂だな？　直ぐに呼び戻せ。あいつなら上手くやるだろうて」

四

油小路《あぶらのこうじ》の辻を過ぎた辺りで、彼は足を止めた。

大きく息を吐き、周囲を見渡す。長い板塀と町屋に挟まれた通りは、薄暮の陽光に照らされて赤と黒に染まっていた。

黒く見えるのは影のせいだけではない。所々《ところどころ》の町屋は、墨《すみ》を塗ったように真っ黒だった。緩い風が吹き、彼の鼻を微《かす》かな煤《すす》の匂いが掠《かす》めていった。

昨年七月にあった禁門の戦で、京の街は大半が焼けてしまった。北は丸太町《まるたまち》から南は七条《しちじょう》まで、西の堀川《ほりかわ》から東は鴨川《かもがわ》河畔まで、寺社仏閣も商家人家も、その尽くが焼け落ちた。丁度一年が経ち、人々の生活も漸く落ち着きを取り戻し始めたが、それでも未だこうして焼け落ちたままの廃屋は多く残されていた。

火事跡から目を外し、彼は手の甲で額の汗を拭った。

昼間に吸った熱を土が吐き出しているのか、辺り一面が茹《う》だるような暑さだった。往来には人影もなく、蟬の声だけが遠くに響いていた。

左手に続く飛鳥井卿《あすかいきょう》屋敷の塀に身を寄せ、彼は掌を見た。

皮が厚く、ごつごつと節くれ立った両手は、薄暗がりのなかで妙に白っぽく映えている。血の汚れは何処にも見られないが、自分の意思に反してその手は今も微かに震えていた。

唇を噛み、両掌を強く袴に擦《こす》り付ける。

――いつ以来だ、人を斬ったのは。

目を瞑《つむ》り、粘っこい唾を飲み込みながら記憶の糸を手繰ってみる。しかし、思いは乱れて答えは一向に見つかりそうもない。若しかしたら、これが初めてだったかも知れない。

目を開いた途端、額から流れ落ちた汗が眉間《みけん》を抜けて右目に触れた。咄嗟《とっさ》に瞼《まぶた》を閉じるも遅く、生温かい雫《しずく》は酷く目に滲《し》みた。

――ああ厭《いや》だ。

強く目を瞑った闇の奥には、自《おの》ずと先ほどの情景が浮かび上がってくる。

気が付いた時には刀を抜いていた。相手も抜刀し、二、三度激しく打ち合う。彼は力任せに相手の刀身を弾き、右肩から太刀を浴びせて斬り伏せた。袴姿の侍――小此木鶴羽は声も上げず、迸《ほとばし》る血飛沫《しぶき》と共に頽《くずお》れた。

喉に絡まる痰《たん》を切り、乾いた地面に吐き出す。

口元を拭いながら、彼は振り返った。宵闇《よいやみ》迫る通りには、依然として誰の姿もない。

落ち着こうと深く息を吸い込んだ刹那《せつな》、彼は自分の羽織が血塗《ちまみ》れであることに気が付いた。

噎《む》せ返るような血臭が、今更ながらに鼻を衝いた。

纏わり付く臭いごと、彼は羽織を脱いだ。通りを東へ進むと、板塀が途切れた先に小橋が見え始めた。小川通《おがわどおり》には、道に沿うようにして小さな川が流れている。

板床を軋《きし》ませながら、橋の縁に立った。眼下の川は茶色く濁《にご》り、ごうごうと音を立てて流れている。

彼は手元の羽織を丸めて、河面に向かって投げ棄てた。羽織は瞬《またた》く間に流れに呑まれ、浮き沈みを繰り返しながら川下に流されていった。

そのまま欄干《らんかん》に凭《もた》れ掛かり、彼は天を仰《あお》いだ。

東の黒い空が、青色を経て西の夕空に続いている。幾重にも重なった雲は影になり、その合間からは、血の滴《したた》るような夕空が顔を覗かせていた。

眩暈《めまい》を感じるほどの赤に、彼は思わず目を逸らした。

胸の鼓動が徐々に速くなっていく。彼は大きく息を吸い込むと、西の空に背を向け、再び歩み始めた――。

「西陣《にしじん》は村雲稲荷境内《むらくもいなりけいだい》にて、長州藩士、小此木鶴羽が斬られ、下手人と思しき薩摩藩士、菊水簾吾郎は逃げ込みし鳥居道より煙が如《ごと》く消えたる一件、土州浪人、坂本龍馬より薩長協約がため菊水の捜索を依頼されたる顚末《てんまつ》、以下の如くに御座候《ござそうろう》」

『薩長協約顚末覚書』より

第一章　龍馬が来た

風が吹き、柳が揺れた。

薄緑の細い枝はゆらゆらと揺れ、その葉末を高瀬川《たかせがわ》に浸している。

天の底が抜けたようなその雨は、普段なら半寸もない川の水位を倍にも増やしていた。いつもならば見た目に涼やかな清流も、今はすっかり濁《にご》り、激しい音を立てて流れている。

慶応《けいおう》元（一八六五）年七月、京都は木屋町通《きやまちどおり》である。

薄紫に染まり始めた夕空の下、尾張《おわり》藩公用人の鹿野《かの》師光《もろみつ》は高瀬川に沿って足を進めていた。

師光は黒縮緬《ちりめん》の羽織に袴《はかま》という出で立ちで、腰には蠟《ろ》色鞘《いろざや》の大小を差している。菅笠《すげがさ》を目深《まぶか》に被った身の丈は五尺程度しかなく、長い刀を揺さぶりながら短い脚で進む姿はどこか森の鴉《からす》を思わせた。

まだ陽の入りまでは時もあるが、木屋町の界隈《かいわい》は既に酔客で溢れていた。

川沿いに建ち並ぶ料亭や酒楼の軒下では、火の入れられた提灯《ちょうちん》の毒々しい赤色が夕涼みの風に揺れている。耳朶《じだ》を打つのは、格子窓から洩れる嬌声《きょうせい》や三味線の音色だった。昨年の夏には尽《ことごと》くが戦火に焼かれたこの町並も、今では殆《ほとん》どが以前のそれに戻っている。

雑多な人混みに紛《まぎ》れながら足を進める師光は、姉小路《あねやこうじ》の辻を過ぎた辺りで歩調を緩《ゆる》めた。

笠の縁を上げ、左手の建屋を見上げる。

軒下に「丹亀《たんかめ》」という箱提灯の掲げられた、こぢんまりとした町屋だった。

何気ない態《てい》を装って周囲を確認する。自分に気を払う者の姿はない。

静かに戸を開き、そっと身を滑り込ませる。そしてそのまま、素早く後ろ手で戸を閉めた。

筒行灯《つつあんどん》の照らす薄暗い玄関だった。どこかで焚かれているのだろう、仄《ほの》かな香が師光の鼻を擽《くすぐ》った。

「ごめんください」

笠の顎紐を解きながら、師光は奥に声を掛ける。

「鹿野様、よくお越しを」

暫《しばら》くすると、廊下の陰から老婆と小娘が姿を現わした。

遅くなりましたと師光は菅笠を娘に手渡す。娘は恭《うやうや》しく受け取り、奥に下がった。

「どうぞこちらへ」

師光は鞘《さや》ごと抜いた太刀《たち》を手に、手燭《てしょく》を携《たずさ》えた老婆に従って奥へ進んだ。小さな灯《あか》りは一足ごとに揺れ、狭く薄暗い廊下の壁に二人の陰影を映し出した。

老婆は或る襖《ふすま》の前で膝を折り、失礼致しますと声を掛けた。

「鹿野様がおみえになりました」

おおという声と共に襖が開く。そこには、鬢髪《びんぱつ》の縮れた背の高い男が立っていた。

蓬髪《ほうはつ》の男――坂本龍馬は笑顔で師光の肩を叩いた。

「よう鹿野さん、久しぶりだな」

「ご無沙汰です。お待たせしましたか」

「いやいや、俺が早く着きすぎたんだ。積もる話もあるがまずは飯を喰おう。腹が減って死にそうだ」

師光と龍馬は向かい合って腰を下ろす。龍馬が手を鳴らすと、老婆と娘が膳《ぜん》を運び入れ二人の前に並べ始めた。膳の上には小鉢が二つに汁椀と飯器、そして白磁の銚子《ちょうし》が一本とやや大振りな酒盃が並んでいた。

まずは一献と龍馬が銚子を向けるので、師光も盃《さかずき》を取り上げる。視界の端で、一礼した老婆たちが音もなく襖を閉めた。

龍馬の盃に冷酒を注《つ》ぎ返しながら、師光は改めて相手の姿を観察した。

以前に会った時と変わらず、胸板の厚い大柄な姿だった。酒盃を持つ逞《たくま》しい二の腕や顔は前にも増して陽に焼け、つるつると栗色に光って見える。

煤竹《すすたけ》色の長羽織に袴姿だが、一方で頭は縮れ毛を無造作に括《くく》った粗野なものだった。その不釣り合いな様が何とも龍馬らしく、師光には可笑《おか》しかった。

「前にお会いしたのは、姉小路卿《あねがこうじきょう》のお屋敷でしたか」

「あれは俺が福井に行く前だから、文久三年の夏先か。早いなあ、もう二年も経つ」

「長崎に行っていたのでしょう？　色々と活躍しとるみたいじゃアないですか」

「そうでもないさ。まあ色んなことがあったのは確かだがね。鹿野さんもそうだろう?」

龍馬は一息に呷《あお》った酒盃を戻し、早速汁椀の蓋を取っている。

出汁《だし》の芳しい香りがふわりと広がった。


文久三年四月、新たに朝廷から摂海《せっかい》防備巡察を命じられた国事参政の姉小路公知《きんとも》卿は、在京の各藩邸から西洋軍備に詳しい者を自邸に呼び集め意見の聴取を行った。

京に於《お》ける政治工作を一手に担う公用人として尾張藩から臨《のぞ》んだ師光が龍馬と出会ったのも、その場だった。

「土佐の坂本龍馬というもんです。よろしく」

人懐っこい笑顔で頭を下げる龍馬の姿に、師光は意外の感に打たれた。耳にしていた噂と、まるで様子が違ったからだ。

実のところ、龍馬の名前だけは師光も以前から聞き知っていた。土佐脱藩浪人の坂本龍馬といえば、京を根城とする攘夷《じょうい》派志士たちの間では良くも悪くも有名だったのである。

師光の耳に入っていたのは、主にこんな噂だった。

曰《いわ》く、坂本龍馬は六尺近い大男で、筋骨逞しく豪傑の風を吹かせている。

曰く、坂本龍馬は北辰一刀《ほくしんいっとう》流の遣い手で、剣術修業中には江戸の三大道場で敵なしと謳《うた》われた程の腕前である。

曰く、元々坂本龍馬はあの過激な十津川《とつがわ》郷士らでさえ三舎を避ける攘夷論者だったのだが、幕臣の勝麟太郎《かつりんたろう》に籠絡されて、今や一廉《ひとかど》の開国交易論者に変節した天下の大姦物である。

曰く、坂本龍馬は諸般の洋学に精通し、銃器や砲弾だけでなく汽船の操舵にも長けている
――等々。

丸きりの出任せではなさそうだが、信ずるにはどうにも大味《おおあじ》な噂ばかりだった。そのため、師光はそれら全て引っ包《くる》めて、坂本龍馬という男のことを、肩を怒らせて歩く髭面の大男だと想像していたのである。

しかし、実際の龍馬は違った。

絹鳴りしそうな黒羽二重《はぶたえ》を羽織った袴姿で現われたのは、大柄でこそあれ、近視なのか常に目を細めて、やや猫背気味に身を乗り出して訥々《とつとつ》と語る、およそ豪傑からはほど遠い雰囲気の男だった。どんな傑物なのかと心の底では期待していただけに、当ての外れた師光は少なからず落胆した。

已《や》むなく早々に切り上げようと適当に相槌を打っていた師光だったが、二言三言と言葉を交わしていく内にその思いは霧散していった。

話が面白いのだ。

龍馬の口で語られると、土佐の芋畑の話がいつの間にか欧米諸国との交易の話になり、隅田《すみだ》川《がわ》の花火の話は知らぬ内に清国との戦争で英国が使った砲弾の話になっている。

噺家《はなしか》も斯《か》くやという見事な筋運びに師光もついつい引き込まれ、気が付けばすっかり龍馬の話に聞き入っていた。

龍馬の語り口調は熱っぽく、しかし軽妙できちんと筋道立っていた。刺激された師光が自説を述べると、龍馬は嬉しそうに手を叩いて身を乗り出し、話の幅が益々《ますます》広がっていく。自《おの》ずと議論には熱が入り、夜が更ける頃には、師光の龍馬に対する認識もすっかり改まっていた。類《たぐ》い希な大法螺吹きか、それとも天下の傑物か。いずれにせよ面白い男だと師光は感心した。再会を約しその夜は別れたが、直後に龍馬は京都から姿を消した。師である勝麟太郎の計画する海軍塾開設に向けた資金調達のため、越前《えちぜん》藩主、松平春嶽《まつだいらしゅんがく》を訪ねて福井に向かったと師光は風の噂に知った。

殺されさえしなければまた会う機会もあるだろうとその名を心の片隅に留め、師光も再び己の仕事に身を入れた。

京に身を置くと、諸国の志士たちの動向は自ずと耳に入ってくる。

勝が総管した神戸の海軍操練所が幕府の圧力で閉鎖させられたことや、そこから溢れた者たちを集めて龍馬が長崎に下ったことなどは師光も小耳に挟んだ。しかし、それ以降はとんと龍馬の名は口の端《は》に上らなくなっていた。

師光も、海千山千の公家《くげ》連中や過激な攘夷派浪士たちの相手をしている内に、いつしか龍馬の存在を忘れていった。それ故《ゆえ》、今日の昼過ぎに届けられた封書の差出人に坂本龍馬の名を見た時も、直《す》ぐには何者か思い出せなかった。

――ああ、あの大柄な土佐の男か。

師光が龍馬のことを思い出したのは、封を開きなかの文を一瞥《いちべつ》した時だった。

紙面には、黒々とした墨字《すみじ》がうねっていた。その自由闊達《かったつ》な調子に、漸《よう》く師光のなかで名前と顔が一致した。

文は先《ま》ず長らくの無沙汰を謝したのち、折り入って頼みたい仕事があると記されていた。委《い》細《さい》は会って話すとあり、その横には今日の日付と時刻、そして場所が書かれているだけだった。

当然、不審の念は拭《ぬぐ》えなかった。それでも師光が敢《あ》えて誘いに乗ったのは、ひとえに龍馬の快活な語りを懐かしく感じたからに他ならなかった。


「それにしても、急に済まなかったね」

「構いませんよ」

冷酒を注ぎ足す銚子の先から、師光は龍馬の顔に目線を移す。

「ほんで、頼みたい仕事っちゅうのは」

「人捜しみたいなものなんだが、鹿野さん、あんた口は堅いかい」

「喋るなと云われたら喋りません」

「なら大丈夫だ」

龍馬は身を乗り出すように背中を丸くした。

「ここだけの話だがね、俺は同じ土佐の中岡慎太郎って奴と組んで、薩摩と長州に手を結ばせようと思っている」

はァと叫びそうになって、師光は慌てて声を潜《ひそ》めた。

「そりゃ無茶だ。薩摩と長州ってあんた、そりゃ水と油を混ぜるようなもんでしょうに」

「ところが、意外とそうでもないんだ」

龍馬は不敵に笑って、小鉢のがんもどきを頬張る。

「長州は、幕府と戦うに際して銃器と軍艦が足りない。対する薩摩は、不作ゆえに米が足りない。するとどうだ、長州には余るほど米があって、薩摩は長崎商人を通じて幾らでも武器の類いは融通が利く。互いに足りない物を相手は持っている訳だ。まさに利害の一致ってやつよ」

「だからって長州が乗りはせんでしょう。薩摩からの施《ほどこ》しなんざ意地でも撥ね付けるんじゃないですか」

「そこが俺たちの腕の見せ所だ。薩摩と長州は共に勤皇《きんのう》を掲げる雄藩。上下を作らず、飽くまで対等な協約関係に持って行く。それならいいと、桂さんも一応は納得してくれた」

師光は意外の念に打たれた。恨み骨髄に徹していてもおかしくない長州が乗り気ならば、あながち無謀という訳でもなさそうだ。

「まあ、それでも桂さんは揺れやすいからな。昨日中岡が伏見《ふしみ》を発《た》って、最後の一押しのために下関に向かった。これで長州は問題ないだろう」

「薩摩の方はどうなんです」

「西郷を説き伏せて一応は了解を得ている。後は会合の場を設《もう》けるだけだ。何とかそこまでは漕ぎ着けた。漕ぎ着けはしたんだが、ここに来てちょいと厄介なことが起きた」

龍馬はそこで言葉を切り、酒を一口含んだ。

「鹿野さんは、長州の小此木鶴羽を知ってるか」

「聞いたことのある名前だな。……ああ、桂さんの護衛役でいつも側《そば》に控えとった若者ですか。話したことはないですけど、顔を見掛けたことなら何度かあります。それも随分と前のことですが」

「俺は下関で桂さんと会って、何とか薩長融和の方針に納得して貰った。その時、上洛《じょうらく》するなら自分の腹心を同行させて欲しいって云われてな。それが小此木だ」

「彼がどうしました？」

「斬られたんだ、昨日のことなんだがな。死にはしなかったが、それでも未《ま》だ目を覚まさない。血を流し過ぎたんだろう」

「新撰組にでもやられたんですか」

「そこよ」

龍馬は飯器の蓋を開け、茸御飯を掻っ込んだ。

「場所は西陣にある村雲稲荷だ。境内《けいだい》で斬られた小此木が見つかった時、その脇には一人の男が血塗《ちまみ》れで立っていた。薩摩藩士の菊水簾吾郎という、折衝《せっしょう》の際には薩摩側の窓口として俺や小此木の前に出ていた男だ」

菊水と師光は口のなかで繰り返す。こちらも聞き覚えのある名前だった。

「あの頬に疵《きず》のある、色の黒い男ですか？」

「ほう、鹿野さんは奴とも面識があるのか」

「何かの宴席で見掛けたことがあるだけで、言葉を交わしたことはありません。まァあの疵面は強烈ですから、なかなか忘れませんよ。ほんでも、薩長で手を握ろうとしとった矢先に薩摩藩士が長州藩士を斬った訳ですか。台なしですね」

「まったくだ。だけど取り返しが付かない訳じゃない。先ずは、何が起きたのかをきちんと把握して、その上で駒の進め方を考えようと思う」

師光はふむと唸りながら酒を含んだ。

「協約のことで口論にでもなったんでしょうか」

「そこなんだよな。桂さんが小此木を京に遣わしたのは、他の長州藩士と比べて奴が薩摩に悪感情を持っていなかったからだ。なかでも、菊水簾吾郎とは特に親しい仲だった。傍《はた》から見ていた俺も確かにそう感じた。そんな二人の間に何があったのか、だ」

「菊水は何て云っとるんです。小此木が目を覚まさなくても、奴は現場で捕まったんでしょう」

「それがな、消えちまったんだ」

「はい？」

口をもぐもぐと動かしながら、龍馬は上目遣いに師光を見た。

「説明が前後するが、斬られた小此木と菊水を見つけたのは俺なんだ。奴は社《やしろ》の奥にある鳥居道に逃げ込んだから後を追ったんだが、どういう訳かその途中でいなくなっちまったんだよ」

……昨日、俺は夕七つ（午後四時）頃に東山《ひがしやま》の宿を出て、堀川一条《ほりかわいちじょう》の新発田《しばた》藩邸に向かった。新発田藩には三柳《みやなぎ》という男がいて、そいつに頼みたい仕事があったからだ。

ああ、鹿野さんも知り合いなのか。そう、新発田藩留守居添役《るすいそえやく》の三柳北枝《ほくし》だ。奴はお公家さん相手に顔が売れている。俺は丁度、薩長協約の後ろ盾は大原卿《おおはらきょう》か中御門卿《なかみかどきょう》にお願いしたいと考えていてな。俺だけで頼みに行くより三柳にも同席して貰った方がいいだろうと思ったんだ。

だけど、生憎《あいにく》と三柳は不在だった。

お公家さんの歌会に呼ばれたとかで、もうすぐ戻るとは思うんだがと玄関番の若い奴は云っていた。

そのまま待たせて貰ってもよかったんだが、それなら先に菊水を訪ねようと俺は考えた。新発田藩邸から東に行けば二本松薩摩藩邸だ。西郷ら薩摩藩の幹部連中は、何か用事があるとかでこぞって伏見の藩邸に出向いていて、翌々日――つまり明日まで不在の予定だった。まあ、今はもう騒動を受けて戻っているがな。上の連中がいないからこそ、殊《こと》に協約の細部については正直に話し合えるだろうという思いもあった。いい機会だと思ったんだ。

新発田藩邸を出た時には、もう陽も傾き始めていた。暮れ六つ（午後六時）ぐらいか。

俺はお尋ね者だから、最初は裏通りを使って薩摩藩邸を目指していたんだが、段々《だんだん》それも阿呆らしく思えてきてな。何かあっても逃げりゃいいかと思って、表通りを歩くことにした。

そこで、確かあれは勘解由小路《かでのこうじきょう》卿のお屋敷の前だったから新町今出川《しんまちいまでがわ》の辻だったか、急に声を掛けられたんだ。

そりゃ驚いたさ。だけど何のことはない、歌会帰りの三柳だった。

俺は用があったことを告げて、三柳と一緒に来た道を戻ることにした。菊水の方は急ぎって訳でもなかったからな。

暫く歩いていると、俺はまた見知った顔を見た。飛鳥井邸の板塀が切れた堀川の辺りだ。小此木だった。

声を掛けようとしたが、奴の姿は直ぐに見えなくなった。鹿野さんも知ってるかな。堀川《ほりかわ》須磨町《すまのちょう》の北西角には村雲稲荷っていう大きなお社がある。奴はそこに入っていったんだ。どうにも様子が可怪《おか》しかった。少なくとも俺はそう思った。

何故《なぜ》かって訊かれると困るんだが、とにかくそう感じたんだ。妙に早歩きで、目付きも普通じゃなかった。

俺と小此木はその前日にも薩摩藩邸を訪ね、菊水と幾つか話をした。薩摩名義で進めている長崎での銃器軍艦の買い入れについてだったんだが、その席で菊水は幕吏の目が厳しくなっていると俺たちに注意した。ここ最近になって、藩邸付近を彷徨《うろつ》く按摩《あんま》や物乞いの数が急に多くなったらしい。見慣れない顔ばかりだから、十中八九奉行所の密偵だろうとな。俺たちの上洛が露見したかどうかは未だ分からないが、それでも用心するに越したことはないと云っていた。

云い忘れていたが、俺と小此木は同じ宿じゃなかったんだ。万が一奉行所の連中に踏み込まれた時のことを考えると、別の方がいいだろうって話になってな。蓮台野《れんだいの》の大徳寺《だいとくじ》の辺りだってことは聞いていたが、詳しい場所までは知らなかった。とにかく、俺が小此木と顔を合わせるのはいつも薩摩藩邸だったんだ。会合の最後で、次の日時を予《あらかじ》め決めておくって寸法だ。

小此木が不用心に出歩くとは思えないし、そもそも宿は蓮台野にあるんだから、用でもなければわざわざ出向きはしないだろう。

胸騒ぎがした俺は、三柳と共に後を追うことにした。

気付けば、辺りは暗くなり始めていた。

俺たちは急いで鳥居を潜《くぐ》ったが、小此木の姿はもうなかった。日没が近いのに加えて、境内を取り囲むように大きな楠《くすのき》が何本も生えているから、もうすっかり夜の雰囲気だった。唯一の灯りは、所々に立つ石灯籠《いしどうろう》の仄かな火だけだ。鼻を摘まれても分からないとは云わないが、隣の三柳の顔だってぼんやりとし始めていた。

名前を呼ぶのは躊躇《ためら》われたから、俺も三柳も汗だくになって小此木を捜し廻った。社務所には灯りが点っていたから、なかに入ったのかと思ったが、いきなり訪ねるのも何となく気が引ける。外から確かめようにも、障子窓はどこも閉ざされていたから無理だった。

左手に大きな神楽《かぐら》舞台があったんだが、そこに近付いた時、三柳が急に立ち止まった。それで、俺に向かって何か妙な臭いがしないかと囁《ささや》いた。

ああ、鉄《かな》っぽい生臭さだ。

俺たちは急いで舞台の裏手に廻った。

そこには人が立っていた。

夜闇に目が慣れ始めていたのもあるだろうが、男の羽織が白っぽい色だったから、暗がりのなかでもはっきりと見えたんだ。

肩幅の広い大柄な男だった。小此木じゃない。あいつはもっと細身だからな。身体はこちらを向いていたが、下を向いていたから表情は覗《うかが》えなかった。

誰だと思った時、三柳が声を上げた。

それがきっかけだ。その場にもう一人いたことに俺は気付いた。目の前の布をいきなり剝がされたみたいな感じだ。目の前にいたのにも拘《かか》わらず、見えていなかったんだ。

白羽織の足下には男が倒れていた。

それが、小此木だった。

いま考えると不思議なんだが、顔より先に着ている物で分かったんだ。さっき見たのと同じ黒の羽織だ。案の定、目を閉じて少し横を向いた顔は、小此木鶴羽のそれだった。

倒れているのが小此木だと分かった途端、今まで忘れていた生臭さが急に鼻を衝《つ》いた。血の臭いだ。

見渡せば、辺り一面が血の海だった。はっきりと見えている訳じゃないのに、不思議とそれは直ぐに分かったんだ。小此木は斬られたんだと、俺は漸く理解した。

いつの間にか、白羽織の男が俺たちの方に顔を向けていた。男の羽織は、どうして今まで気付かなかったのかと思うほどにあちこちが汚れていた。血塗れだった。

そいつの顔にも見覚えがあった。薩摩藩士の菊水簾吾郎だ。

俺は菊水に向かって、何のつもりだと怒鳴《どな》った。

奴は何か云い掛けて、再び小此木に目を落とした。

俺も小此木を見た。声が聞こえたんだ。小此木は目を閉じたまま「簾吾郎にやられた」と呻《うめ》いた。俺の声が聞こえて、無意識に応えたのかも知れない。とにかく、小此木は生きていた。

もう間違いはなかった。俺は菊水に摑み掛かろうとしたが、その途端に奴は逃げ出した。

もちろん直ぐに後を追ったさ。三柳も駆け出そうとしたから、俺は小此木を看《み》るように云い残して、独りで菊水を追い掛けた。

奴が向かったのは拝殿の方だった。何度か名を呼んだが、腰に手挟んだ太刀の柄《つか》を押さえたまま、振り返る素振りも見せなかった。

俺も足には自信があったが、それでもなかなか距離は縮まらない。途中で気付いたんだが、菊水は雪駄《せった》履きだった。俺は下駄だ。そりゃ雪駄の方が走りやすいからな。

奴は拝殿の角で曲がって、そのまま鳥居道に駆け込んだ。俺も少し遅れてその後を追った。目が慣れたせいで気付かなかったが、陽はもうすっかり落ちていた。鳥居が連なる道のなかは、全くの暗闇だった。

打ち水でもしたのか、石畳の道は濡れていた。だから急ごうにも足下が滑って仕方がない。俺は慎重に足を運びながら、それでも小走りに鳥居道を進んだ。

何度か角を曲がった時、先の方に鳥居道の出口と、そこに立つ人影が見えた。鳥居には提灯が吊してあって、辺りを照らしていたんだ。

でも、それは菊水じゃなかった。そこにいたのは、竹箒《たけぼうき》を手にした小柄な老人だった。逃げられたと思った。だから俺は、爺さんに菊水がどっちに逃げたのかを訊いた。

だが、爺さんから返ってきたのは意外な言葉だった。誰も来ちゃいないと云うんだ。驚いたさ。そんな筈はないと食い下がったが、爺さんは誰も来ていないの一点張りだ。近くには爺さんの孫もいて、その児《こ》にも確認したが、矢《や》っ張《ぱ》り誰も見ていないと答えた。

ここに来たばかりなんじゃないかとも考えたが、それも違った。爺さんたちはここの社家《しやけ》に仕える身で、日が暮れる前からこの辺りで掃除と鳥居の修繕《しゆうぜん》をしていたそうだ。

俺は訳が分からなくなった。

逃げたってことは、小此木を斬ったのは菊水なんだろう。だが、そうだとしたら菊水は何処《どこ》に消えちまったんだ？　爺さんたちが嘘を吐《つ》いているとも思えないが、入口から出口までは確かに一本道だった。それに、鳥居と鳥居の間だって到底人が抜けられるような幅はない。

混乱する俺のところに、鳥居道を通って三柳がやって来た。

どれだけ呼び掛けても小此木は目を覚まさないと三柳は云った。あれだけの量の血を流したんだから当然だろう。何にせよ急いで対応する必要があった。

でもその前に、俺はどうしても三柳に確認したいことがあった。ここに来る途中で、誰かと擦《す》れ違ったりしなかったかだ。暗がりに紛れた菊水を、若《も》しかしたら俺が見逃していたんじゃないかと思ったからだ。

だが、三柳の答えは案の定、否だった……。

＊

「気が付くと、向こうの方で騒めきが起こっていた。人が集まり始めたと分かって俺は焦った。勿論小此木の容態もあるが、奉行所の連中が駆け付けでもしたら一巻の終わりだ。俺は直ぐ薩摩藩邸に運び入れようと考えたが、西郷が不在だということを思い出した。それに逃げた菊水のこともある。若し薩摩藩内で何かあったのなら、いま立ち入るのは危険過ぎた。どうしたものかと考え倦《あぐ》ねていたところに、三柳が一先《ひとま》ず近場の新発田藩邸へ運び入れることを提案してくれた。渡りに船とはこのことで、俺は一も二もなく承諾した」

龍馬はそこで言葉を切り、途中で老婆に持って来させていた冷茶を飲み干した。

「だから小此木は、今も新発田藩邸に匿《かくま》われている。俺は、小此木のことを三柳に任せ、直ぐ薩摩藩邸に向かった。だが、矢張《やは》り菊水は戻っていなかった。俺がそこでした話が伏見に伝わったんだろう。今朝訪ねたら西郷たちも帰ってきていた。連中は酷く驚いて直ぐに菊水の足取りを追ったそうだが、その足取りは未《いま》だに杳《よう》として知れないままだ」

龍馬は膳の上に湯呑みを置いた。

「これが一部始終だが、どうだ」

「いや、どうだと云われても」

師光は顔を顰《しか》めた。いきなり聞かされた突拍子《とっぴょうし》もない話に面食らっているのが正直なところだった。

「菊水がどうやって消えたのかも気にはなるが、まあそれはいい。問題は、奴の手で小此木が斬られたってことなんだよ」

「ちっと待って下さい。若しかしてあんたが云う人捜しちゅうのは、その菊水簾吾郎のことなんですか」

「そうに決まってるじゃないか」

師光は慌てて身を乗り出した。

「待って下さい、何でおれなんですか。おれは菊水と面識もないんですよ。他に適任者がおるでしょうに」

「ものを頼めるような友人は、みんな先の戦《いくさ》で死んだか京を追われた連中ばかりでね。長く京に腰を据えて諸事に精通してるのって云ったら、もう鹿野さんだけだ」

「薩摩も行方は追っとるんでしょう?」

「勿論。でも、人手は多い方がいいだろ」

師光は言葉に詰まった。正論である。

師光としても、尾張藩公用人として引き受ける分には構わなかった。しかし、徒労に終わるかも知れないことは予め了解をして貰わないと後で問題になりかねない。その旨を断っておこうと口を開き掛けた時、龍馬は懐《ふところ》に手を突っ込み、五十両包みの切餅を取り出した。

「云い忘れていたが、当然金は払うぜ」

膳越しに置かれた包みの厚さに、師光はいよいよ言葉を失った。ただの人捜しにしてはあまりにも多過ぎる額だ。

唖然として顔を上げると、いつの間にか龍馬は居住まいを正していた。

「実のところ、薩摩のなかには鹿野さんを巻き込むことに反対の奴もいた。だがことは急を要する。西郷もそれは分かっていて反対派を抑えてくれた。何とか、枉《ま》げて引き受けてくれないか。頼む」

神妙な顔で頭を下げる龍馬の姿を、師光は呆然と眺めていた。

第二章　村雲稲荷

京は西陣に社《やしろ》を構える村雲稲荷は、深草《ふかくさ》の伏見稲荷大社を総本宮として、宇迦之御魂神《うかのみたまのかみ》を祭神とする稲荷神社である。

由緒に関しては「西陣焼け」と呼ばれる享保《きょうほう》十五（一七三〇）年の大火災ののち、復興を祈願した西陣機屋《はたや》組合の旦那衆によって創建されたと伝えられている。正式には舟橋《ふなばし》稲荷神社という名前だが、この辺り一帯は予《かね》てより「村雲」の別称で通っていたため、町衆からは専《もっぱ》ら「村雲のお稲荷さん」と呼ばれていた。

龍馬からの依頼を引き受けた翌日の昼下がり、師光は須磨町通に面して建つ村雲稲荷の大鳥居前に独りで立っていた。

劈《つんざ》くような蟬時雨《しぐれ》のなか、師光は石造りの大鳥居を見上げた。近くで見ると、存外立派な造りだ。前ならば何度も通ったことがあったが、足を踏み入れるのは今日が初めてだった。

笠を取り、一礼してから鳥居を潜《くぐ》る。背後から流れる風が師光を追い越して、天蓋《てんがい》を覆う楠《くすのき》の葉末を騒々《ざわざわ》と鳴らした。

笠を小脇に抱え、師光は石畳の参道を進む。

木陰の映る参道は拝殿に向けて延びており、その両脇には等間隔で石灯籠《いしどうろう》が並んでいる。龍馬の説明通りだった。

結局師光は龍馬からの依頼を引き受けた訳だが、そこには三つの理由が存在した。龍馬の語った薩長協約の構想に惹かれたというのが一つ目であり、同時に恩を売っておくのも悪くないと師光は考えた、これが二つ目である。そして三つ目は、特にこれといって立て込んだ用事もなかったからだ。

尤《もっと》も、龍馬の狙いは別にある筈《はず》だと師光は踏んでいた。坂本龍馬ともあろう男が、師光しか伝手《つて》がないとは考え難《がた》い。そんななかで敢《あ》えて師光を選んだのは、尾張藩公用人という肩書きが故《ゆえ》なのだろう。

諸藩の策謀が渦巻く京に於《お》いて、尾張の立場は極めて特殊なものだった。

尾張徳川家は御三家筆頭格でありながら、その藩論は薩摩や長州に勝《まさ》るとも劣らぬほど勤皇《きんのう》一色に染まっていた。そのため尾張は親徳川勢にも反徳川勢にも多くの人脈を持ち、その双方から日々様々な風説が流れ込んで来ていた。

本来ならば、そんなどっちつかずの態度をとっていれば両方からそっぽを向かれるのが関の山だが、尾張六十二万石の強大な力の前には反徳川の勤皇諸藩は疎《おろ》か、徳川宗家すらも表立ってはものが云えずにいた。つまるところ龍馬が求める物は、藩の渉外役たる公用人の師光が掌中に収めた人脈なのだ。

そこまで考えて、師光は或ることに気が付いた。龍馬の目的は、その一点だけではないのかも知れない。

菊水捜索の依頼という名目で、師光は龍馬から薩長協約の事実を教えられた――教えられてしまった。関係者である龍馬から直接聞いてしまった以上、最早《もはや》知らなかったでは済まされない。つまり師光を含む尾張藩は、否も応もなくその謀《たばか》りに巻き込まれたことになる。

龍馬の目的は、菊水の捜索もさることながら、そこにあったのではないか。

尾張という強大な藩を一枚でも嚙ませるだけで、十分に幕府に対する牽制にはなる筈だ。あの坂本龍馬ならば、そこまで目論《もくろ》んでいても可怪《おか》しくはない。強《したた》かな男だと、師光は胸中で呟いた。

石畳の参道を暫《しばら》く進むと、視界が開けた。

右手に手水舎《ちょうずや》と社務所、左手に神楽《かぐら》舞台が建ち並び、正面には大きな拝殿が控えている。

拝殿は鬱蒼《うっそう》とした巨木に囲まれて、壁や柱の丹色《にいろ》が一際目を引いた。古色こそ拭《ぬぐ》い切れないが、矢張《やは》り正面の誂《あつら》えはなかなか豪勢なもので、今は幕府の奢侈《しゃし》禁止令に苦しめられる西陣織の、在りし日の栄光を偲《しの》ばせた。

師光は参道を外れ、神楽舞台の裏に廻った。

龍馬の話ではここに小此木が倒れており、その脇に菊水が立っていたことになる。

身を屈めて灰色の砂利に目を配るが、痕跡らしき物は何も残っていなかった。既に清掃が為《な》された後なのだろう。砂利の粒は大小様々で、足を動かす度《たび》に擦《こす》れて音がした。

社務所に顔を向ける。龍馬が出会《でくわ》したという老爺《ろうや》たちを訪ねようかとも思ったが、先に鳥居道を確認しておくことにした。

龍馬が語った菊水の消失を、師光はあまり深く考えていなかった。人が消えるなどあり得ない。若《も》し本当に途中で抜け出すことが出来ないのならば、その老爺が菊水を庇《かば》っているということになる。元々面識があったのかも知れないし、そうでなくとも刀で脅されたのかもしれない。

拝殿の角で曲がると、朱色の鳥居道が目に入った。

村雲稲荷の敷地は、堀川に沿って南北に細長い矩形になっていた。正面の鳥居は須磨町通に面して建ち、北は上立売通《かみだちうりどおり》にまで達している。拝殿、そして本殿がやや敷地の東寄りに建ち、例の鳥居道はその西隣にあった。

鳥居道の入口は、拝殿西側の壁に面して開いており、初めは東から西に向かって進み、途中で北に折れている。その先がどうなっているのかは、いま師光が立っている位置からではよく分からない。鳥居道の西側には三つの末社《まつしゃ》が木立の合間に見受けられた。

額に滲《にじ》む汗を拭い、笠で喉元を扇ぎながら鳥居道の入口まで足を進める。

所々《ところどころ》丹色の剝げた鳥居の丈は七尺ほどだった。入口の右脇では、風雨に晒《さら》され続けた白い幟《のぼり》が風に揺れていた。

鳥居を潜り、周囲を確認する。

隙間はどこも五寸程度で、確かに人が抜けられるような幅ではない。腕だけならば師光にも通すことは出来たが、そこから先は到底無理だった。

石畳の上を道なりに進んでみる。暫く進むと道は右に折れ、それからまたすぐに右に折れた。東から西に進み、今度は西から東に進んでいることになる。いずれの角にも道に沿って鳥居が立っているため、ここから外に出ることも不可能だ。

今度は左に折れた。そしてまたすぐ左に曲がる。

東から西に進んでいるのだなと、師光は頭のなかで上から見た図を構想した。結局その後も、鳥居道は出口に至るまで都合二回方向を変えた。

最後の鳥居を潜ると、左手には本殿裏の鳥居があった。正面に比べるとやや小振りだが、それでも見上げるほどの大きさである。向こうに覗《のぞ》く往来は白い陽に照らされ、陽炎《かげろう》が揺れていた。

思い出したような微風が師光の頰を撫でる。騒々という葉音に混ざって、直ぐ近くで箒《ほうき》を使う音が聞こえた。陰になっていた鳥居道の脇で、小柄な老爺が竹箒《たけぼうき》で砂利を均《なら》していた。

「精が出るね」

値踏みするような目線を少しだけ寄越し、老爺は言葉少なげにへえと頷いた。彼が、龍馬の出会した男だろうか。

「爺さんはこのお社の人かい」

手を休めることもなく、老爺は黙って頷いた。名を尋ねると、素っ気ない声で作兵衛《さくべえ》と名乗り返してきた。

「ほんならちっと訊きたいことがある。一昨日の晩にこのお社で人斬り騒動があったろう、そのことなんだが」

作兵衛は手を止め、師光の顔を見た。黒く色焼けした皺《しわ》の深い顔には、怖れの混じった嫌悪の表情が浮かんでいた。

「何も知りませんので」

作兵衛は吐き棄てるようにそれだけ云うと、師光に背を向けて足早に歩み去った。

師光は一瞬追い掛けようかとも思ったが、止めておくことにした。京都の町衆は銅の板に似ている。叩けば叩くほど硬くなり、一度不信感という折り目がついたならば、どれだけ撫で延ばしても決して消えることはない。

遠ざかる作兵衛の背を眺めながら、師光は額を掻いた。森厳な社を血で汚された後なのだ。その目には、腰に二本差した師光は無頼の輩《やから》として映ったのだろう。

あんな顔色になるのも無理はない。後回しにする他なさそうだ。


大鳥居を潜った師光は、菅笠《すげがさ》を被り直し、堀川に沿って南に足を進めた。

目指す先は、一条通《いちじょうどおり》の新発田藩邸である。

瀕死の状態で見つかった小此木は、一先《ひとま》ず新発田藩邸に運び込まれた。今日になって目を覚ましていれば、菊水との間に何があったのかを尋ねることもできるだろう。若しそうでなくとも、龍馬と共に事件に遭遇した新発田藩士、三柳北枝に話を聞くことは出来る筈だ。

師光にとって、三柳は旧《ふる》くからの付き合いだった。歳こそ同じだが京へ上がったのは師光が早く、友人というよりも弟のような存在と云った方が近いかも知れない。

背丈は五尺三寸で師光よりも拳《こぶし》一つほど高い。色白で線が細く、弱竹《なよたけ》のような見た目に違わず荒事は不得手であって、剣の腕もからきしである。そのため生き馬の目を抜くような京師《けいし》の世相には凡《およ》そ似付かわしくない男にも思えるが、一方でその慎ましやかな物腰や詩文の才は公《く》家《げ》連中から評判が良く、長袖相手の政治工作には欠かせぬ男と、勤皇志士たちの間ではある意味名の売れた存在だった――尤も、三柳本人がその評判に戸惑っているのもまた事実なのだが。

元誓願寺通《もとせいがんじどおり》の辻で折れ、古ぼけた小橋を渡る。

軋《きし》んだ音を足下に響かせながら、師光は河面に目を向けた。涼しげな細流《せせらぎ》を、浮舟のような草葉がゆっくりと流れていく。流れに逆らわず右へ左へ翻弄されるその姿に、師光は自《おの》ずと長州の現状を思い起こした。

かつて長州藩内部には、二つの派閥が存在していた。

高杉晋作《たかすぎしんさく》や桂小五郎など尊皇攘夷《じょうい》を掲げる若手藩士を中心とし、声高に倒幕を主張する過激派。そして、藩の上役である椋梨藤太《むくなしとうた》や中川宇右衛門《なかがわうえもん》などを頭目に据え、幕府には徹底した恭《きょう》順《じゅん》を示し波風を立たせまいとする保守派である。

関ヶ原《せきがはら》合戦の昔より長州毛利《もうり》家は徳川に対する反感が強く、黒船来航以来の幕府の失策を見るにつれ、長州藩内では徐々に尊皇攘夷の気運が高まっていった。藩家老にも過激派の者が多く就任し、反徳川・尊皇攘夷一色に染まって膨れ上がった長州の激情は、遂に京都に於ける大《おお》戦《いくさ》――所謂《いわゆる》、禁門《きんもん》の戦――という形で爆発する。

しかし、これが過激派の過《あやま》ちであった。

土壇場で薩摩が中立から徳川方に寝返ったことにより、長州勢は京からの敗走を余儀なくされる。命からがら国元に逃げ帰るも、既に藩政は今まで自分たちが虐《しいた》げていた保守派によって掌握されていた。

慌てて巻き返しを計ろうとしたが、今まで頂いてきた優秀な指導陣の尽《ことごと》くを戦場で亡くしていた過激派に、最早抗《あらが》う余力は残されていなかった。

過激派の面々は軒並み首を刎《は》ねられ、長州の藩論は幕府に対する恭順で統一された。幕府の指揮する征討軍に対し、投降の証として過激派家老たちの首が差し出されることで、藩内の動乱は一先ず保守派の勝利として幕を閉じたのである。

ここまでの事情を、師光は藩邸の書庫に蔵《おさ》められた文書から知り得ていた。幕府から征討軍の総督を命じられたのは、他ならぬ尾張前藩主、徳川慶勝《よしかつ》だった。そのため征討軍には尾張藩士も多く同行し、尾張藩京屋敷の書庫には彼らの記録した文書が多く残されていたのだ。

しかし、現状はそこから更に動いていることを師光は知っていた。

事態が急変したのは、元治元（一八六四）年十二月十五日のことだった。追及から逃れるために身を隠していた高杉晋作が、保守派政権打倒を掲げて下関は功山寺《こうざんじ》に於いて兵を挙げたのである。

当初は百名にも満たなかった高杉らの軍勢だったが、保守派の強引な手腕に厭気《いやけ》の差していた中立の勢力が高杉側に合流し、形勢は徐々に逆転していった。

藩を二つに分けての政権争奪は両陣営共に多くの犠牲者を出しながらも遂に過激派が勝利し、再び政権を掌握した。

高杉や、但馬国城崎《たじまのくにきのさき》に身を隠していた桂が山口の藩庁に凱旋する一方、失脚した椋梨や中川は藩外への逃亡途中に捕らえられ、萩《はぎ》の野山獄《のやまごく》で処刑された。その他の保守派陣営も、皆過激派の刃の下に粛清されていった。

だからこそ、戦を起こさせる訳にはいかないと師光は考えていた。

今の長州を率いるのは、幕府に一矢《いっし》報いることを切望している過激派である。早々に恭順が示され、結果として一つの戦闘も起こらなかった前回の征討とは訳が違うのだ。長州は死に物狂いで立ち向かうだろうし、そうなれば戦も長引くに違いない。欧米列強が虎視《こし》眈々《たんたん》とこの国の権益を狙う最中に、そんな内輪喧嘩で国力を磨《す》り減らすなど愚の骨頂だと、師光は確信していた。

しかし一方で、そんな情勢下に若し薩摩と長州が手を結んだらどうなるか。

薩摩が長州に与《くみ》すると分かれば、幕府もそう簡単には長州征討に踏み切らない筈だ。だが、一大勢力となった薩長がそれを恃《たの》みとして幕府に迫らないともまた限らない。そうなれば戦と迄《まで》はいかなくとも、大なり小なり諍《いさか》いは避けられないだろう。薩長協約は戦を避けるのではなく、先延ばしするだけなのかも知れない。師光は昨夜、藩邸の黴《かび》臭い書庫でその事実に気付き愕然とした。

尤も、既に引き受けてしまった手前、今更後戻りは出来ない。出来ることを、ただ粛々とやっていく他に道はなかった。


「やあ鹿野さん、相変わらず暑いですねえ」

三柳北枝は穏やかな笑みを浮かべ、自《みず》ら運んできた茶を勧めた。

「河原町《かわらまち》の菊屋《きくや》に漢籍でも買いに出ようかと思ったのですが、この暑さじゃ何ともやりきれない。もう少し陽が翳《かげ》ってから出ることにしました」

「夕立でも来てくれりゃアちっとはましになるんだがな」

開け放たれた障子から、師光は外に目を向ける。照りつける白い陽のなかで、梧桐《あおぎり》の葉が気《け》怠《だる》そうに揺れていた。

新発田藩邸の客座敷に於いて、師光は三柳と向かい合って座していた。

「で、ご用件は？」

「一昨日、ここに運び込まれた男のことだ」

さり気なく切り出したつもりだったが、三柳の反応は予想以上だった。

白皙《はくせき》の面《おもて》は目に見えて強張《こわば》り、しかし直ぐに平静を装おうとしたため、結局は何ともちぐはぐな表情になった。

色を失くすほど強く結ばれた唇を眺めながら、相変わらず直ぐ顔に出る奴だと師光は苦笑した。

「そう身構えるなよ。安心しろ、おれも坂本さんから聞いたんだ」

小さな吐息と共に、何も語るまいという強い意思を感じた三柳の唇が緩《ゆる》やかに解かれた。

「どこまでご存じなのですか」

「小此木が薩摩の菊水簾吾郎に斬られて、菊水は逃げた。その程度の大まかな筋だけだ」

三柳は真剣な顔で頷き、声を潜《ひそ》めた。

「あまり小此木君の名前は出さないで貰えると助かります。上役には『顔見知りの十津川郷士が斬られた』と説明して運び込んだのです。若し彼が長州藩士だと露見したら、少しばかり厄介なことになりますから」

今度は師光が頷く番だった。三柳は、小此木が新発田藩内に於ける争いの種になることを懼《おそ》れているのだ。

最近になって、在京各藩では佐幕と勤皇の二派に割れ相争っている藩も多くあった。それは新発田も例外ではない。流血騒ぎこそ起きていないものの、藩邸内に漂う険悪な雰囲気は日に日に濃さを増しており、張り詰めた糸はいつ切れるかも分からない。頻繁に三柳を訪ねる師光は、己が肌でそのひりつくような空気を感じ取っていた。

そして、そんな新発田藩邸に小此木鶴羽は運び込まれた。

若しその素性が知られたらどうなるか。小此木は天下のお尋ね者たる長州藩士である。佐幕派は傷の具合など関係なく直ぐ奉行所に突き出そうとするだろうし、勤皇派ならば匿《かくま》うことで長州に恩を売ろうとするだろう。どちらに転んでも、到底ただでは済みそうにない。三柳が小此木の素性を隠そうとするのも、至極尤もなことだった。

「我が藩の混迷具合は、鹿野さんもよくご存じでしょうから」

三柳は口の端に草臥《くたび》れた笑みを浮かべた。

「分かった気をつけよう。でも、ほんなら、奴はまだ目を覚ましとらんのだな」

「重傷ですよ。診せた医者も、ここ数日を越せるかどうかが分かれ道だと云っていました」

「傷の具合は」

「右から袈裟懸《けさが》けに一太刀《ひとたち》です。骨が防いだので肺腑《はいふ》までは達していないそうですが、それでもね」

師光は頷いた。小此木から事情を聞くのは矢張り当分無理そうだ。

三柳は湯呑みを手に取り、一口啜《すす》った。

「ところで、坂本さんは何と?」

「菊水の行方を追ってくれちゅうことだ」

「引き受けたんですか」

「断る理由もないからな。それに、十分過ぎるぐらい金も貰った」

「分かりました。何かお手伝い出来ることがあったら云って下さい」

「是非頼みたい。何せおれは菊水と話したこともないんだ」

「そうなんですか？　よく引き受けましたね」

呆れ顔の三柳に、師光は曖昧に笑ってみせた。尾張を巻き込む意図に関しては、敢えて言及する必要もないだろう。

「早速だが、あの日の出来事をお前さんの口からも聞かせてまえるか」

「勿論構いませんよ。どこから話しましょう」

「そうだな、坂本さんと会ったところから頼む」

三柳は頷き、手元に抱えたままだった厚手の湯呑みを戻した。

「あの日、私は甘露寺卿《かんろじきょう》のお歌の会に呼ばれていました。歌会自体は昼八つ半（午後三時）頃に終わったのですが、幕府の横暴を嘆く甘露寺卿のお話はその後も続きましてね。結局お屋敷を辞したのは夕七つ半（午後五時）を過ぎたあたりだったでしょうか。いつもの道を通って、私は藩邸に帰りました」

師光も数度足を運んだことのある甘露寺邸は、大宮御所《おおみやごしょ》の北に位置する。三柳が云ういつもの道とは、寺町通《てらまちどおり》を北に進み今出川通で折れる最短の道のりを指す。

「そしてその途中、確か勘解由小路卿のお屋敷の辺りだったのですが、前の方から歩いてくる大柄な素浪人の姿が目に入りました」

「それが坂本さんだった？」

「驚きましたよ。長らく御無沙汰の人が、半着《はんぎ》に袴《はかま》みたいな普段着で突然目の前に現われたのですから。声を掛けたら坂本さんの方でも驚いていました。何でも私に用事があったらしく、丁度よいということで一緒に新発田藩邸へ戻ることにしました。それで、ええと、あれは確か飛鳥井卿のお屋敷前を過ぎた辺りだったと思います。急に坂本さんがあっと声を上げて立ち止まったんです。どうかしたのか尋ねると、坂本さんは知り合いが村雲稲荷に入って行ったと答えました。長州藩士の小此木鶴羽です。いつになく険《けわ》しい顔で急ぎ足に歩み去っていった、迂《う》闊《かつ》に出歩くなと釘を刺していた筈なのにどうにも様子が可怪しいとのことでした」

「お前さんは小此木と面識があったのか」

「二、三度、何かの集いで同じ席になったことがある程度です。ですから面識があるとまでは云えませんが、顔は分かりました。まあ、後を追いたいという申し出には勿論異存もありませんから、私も坂本さんに従って村雲稲荷の鳥居を潜りました」

「未《ま》だ陽はあったか」

「いいえ、だいぶ暗かったと思いますよ。参道の両脇には石灯籠が並んでいるのですが、あれが随分と明るかったような気がしますから。私たちはそれを頼りに小此木君を捜したのです。でも、彼の姿は何処《どこ》にも見当たりませんでした。そしてお神楽の舞台に寄った時、私は濃い血の臭いを嗅ぎました。それで急いで裏手に廻ると、血溜まりのなかに人が倒れていたのです」

「小此木だとは直ぐに分かったのか」

「横顔が見えていましたからね。こちら側に頭があって、丁度横向きの格好です」

三柳は顔を横に向けて倒れる格好をしてみせた。

「辺り一面の砂利が血に浸っていたのですが、そこで私は初めて小此木君の側《そば》に人が立っていることに気が付きました。白い羽織姿の男で、顔を見たら、薩摩の菊水簾吾郎さんでした」

「菊水の顔も分かったんだな」

「ええ、新発田と薩摩との遣り取りの際に話をしたことが幾度かありましたので。見れば菊水さんの羽織はあちこちが血で汚れていました。この人が小此木君を斬ったのだと、私は直感しました」

師光は腕を組んだ。今のところ、龍馬の話とあまり相違はない。

「坂本さんは刀に、まあ差しているのは脇差だけでしたが、とにかく手を掛けて、『何のつもりだ』と怒鳴《どな》りました。ですが、それに対する反応は意外なところから返ってきました。死んでいるとばかり思っていた小此木君が、呻《うめ》き声を上げたのです」

「小此木は何と」

「それがよく聞こえなかったのですよ。簾吾郎に云々《うんぬん》と菊水さんの名前を呼んだのは確かなのですが。坂本さんは何か聞いていませんでしたか?」

「あの人も自信はないようだが、『簾吾郎にやられた』だったんじゃアないかとは云っとった」

「そうですか。ううん、そう云われると何だかそうだったような気もしますね。はっきりとお答えできなくて申し訳ないです」

「いや構わない」

小此木が菊水を指して何か云ったことは矢張り事実なようだった。それだけでも十分だ。

「ほんで、菊水はどうしたんだ」

「逃げました。倒れている小此木君をもう一度見て、そのまま背を向けたのです」

菊水からすれば、目の前に現われた二人には共に面識があったことになる。偶々《たまたま》その場に出会しただけなのだとしたら、逃げたりはせずに先ず事情を説明する筈だろう。そうではなく逃げ出したということは、矢張りそういうことのようだ。

「お前は坂本さんと一緒に菊水を追い掛けたのか？」

「いいえ違います。坂本さんが駆け出すのを見て私も続こうとしたのですが、小此木君を看《み》るように云われたのです。私が答える間もなく、二人はあっという間に拝殿の裏手の方へ走り去ってしまいました」

「小此木の様子はどうだった、何か話したりはしとらんのか」

「残念ながら何も。微《かす》かな息遣いこそありましたが、どれだけ呼び掛けてももう返答はありませんでした。とにかく傷口を確かめようと胸元を開けたのですが、如何《いかん》せん灯《あか》りがありません。出血が酷いのは手触りで分かりましたが、そのままでは処置のしようもない。勿論不安はありましたが、私はいったん社務所へ走り、出てきた者に、知人が怪我をしたから直ぐに医師を呼んで欲しいと頼みました。提灯《ちょうちん》を借り受けた時、禰宜《ねぎ》の一人に医術の心得があると申し出た者がいたので、私は彼も連れて小此木君の元へ戻りました」

「離れた時と比べて、小此木の周りは何も変わっちゃアおらんかったか」

「そうですね……。倒れた姿勢はそのままでしたし、近くに転がっていた刀も動いてはいなかったような気がするんですが」

「待て、刀が落ちとったのか」

「ええ。小此木君の近くには刀が、少し離れた場所には懐紙《かいし》が落ちていました。彼の腰には鞘《さや》だけが残っていましたから、刀は小此木君の物でしょう。余程相手と強く打ち合ったのか、刀身は鞘に収まらないほど歪んでいて、刃も簓《ささら》のように毀《こぼ》れていました。懐紙はくしゃくしゃに丸められた三枚で、そのいずれにも未だ乾ききっていない血が付いていました。小此木君を斬った時の血を拭いた物でしょう。何処にでもありそうな只《ただ》の紙でした」

「それらはもう残っとらんよな」

「そうですね、そこまでは気が回りませんでした。懐紙の類《たぐ》いはもう棄てられてしまったでしょう。刀は分かりません、持って帰ってきてはいませんが、若しかしたら未だ処分されていないかも知れませんよ」

已《や》むを得ないだろう。師光は先を促《うなが》した。

「灯りの下で見た傷は袈裟懸けに一太刀で、素人目にもかなりの深手だと分かりました。禰宜と一緒に服を剝いで血を拭い、瓶詰めの焼酎で消毒を始めたのですが、次第に人も集まってきましてね。騒ぎになって奉行所にでも知られたら大変なことです。ですから直ぐにでも彼を何処かに隠す必要があったのですが、私の一存では当然決められません。でも、いつ坂本さんが戻って来るか分からない。私は已むなく、別の灯りを持って坂本さんたちの後を追うことにしました」

「ほんで、鳥居道で坂本さんを見つけた訳か。ん、ちっと待てよ」

小此木が倒れていた場所からでは、拝殿が邪魔になって鳥居道は見えなかった。どうして三柳は、二人がそこに駆け込んだと分かったのだろうか。

その理由を問うと、三柳は足跡ですとあっさり答えた。

「二人の走って行った方向に、砂利を蹴り上げたような跡が残っていたんですよ。それを追っていったら、丁度鳥居道の入口に辿り着いたのです。なので、二人はこのなかに入ったんだなと思い、私も鳥居を潜りました。石畳が濡れていて、途中で何度も転びそうになったのを覚えています。それでも早足に進んだ先で、私は坂本さんを見つけました。少し先に灯りを持った人がいたのですが、菊水さんではありませんでした。逃げられたんだと思いましたが、どうにも坂本さんの様子が可怪しくて、『絶対にここを通った筈だ』と相手に詰め寄っているのです。私に気が付いた坂本さんは、私に対しても、誰かと擦《す》れ違わなかったかと訊いてきました。勿論私は誰の姿も見ていません。事態が呑み込めないでいる私に、坂本さんは菊水さんがいなくなったと云いました。途中で消えてしまったのだと」

「それを聞いてお前はどう思った」

「そんな莫迦《ばか》なと思いましたよ。だって、人が消える筈がないじゃありませんか。坂本さんは未だ事態が呑み込めていないような顔でしたが、それどころではありませんでした。そうこうしている間にも、拝殿の方から聞こえる声は多くなってきていたからです。私は、一先ず新発田藩邸に運ぶことを提案しました。坂本さんがそれでいこうと即答したので、私は藩邸まで走って人を呼び、持って来た荷車に小此木君を乗せて運び入れたという訳です。一方で坂本さんは、事情を確認するために、薩摩藩邸へ向かいました」

　これが一応の顚末《てんまつ》ですと三柳は話を締め括《くく》った。

「よく分かった。ありがとう」

　師光は残りの冷茶を一息に飲み干した。三柳も連られて手を伸ばしかけたが、既に空だったことに気付き手を戻した。

「菊水さんは何処に行ったのでしょうね」

「その爺さんたちと口裏を合わせて逃げたんだろう。お前さんの云う通り、人は煙みたいに消えたりはせん。だが、まァ問題はそこじゃない」

「菊水さんはどうして小此木君を斬ったのか、ですね」

　師光は湯呑みを戻した。

「もう一つ訊きたいことがある。菊水簾吾郎ちゅうのはどんな男なんだ」

「歳は三十二で、私や鹿野さんより一つ年長です。大柄で、剣術は薬丸自顕流《やくまるじげんりゅう》免許皆伝の腕前。頰に疵《きず》まである何とも厳《いか》つい面相ですが、話をすれば温厚篤実を絵に描いたような人ですよ。でも、鹿野さんが知りたいのはそういうことじゃないんでしょうね。どんな男、ですか。難しいな」

「菊水と小此木は親しく交わった仲だったと聞いとる。よく見知った相手を斬るちゅうのは、況《ま》してやそれが気の置けない相手だったら尚更難しいもんだろう。お前さんから見ても菊水簾吾郎は温良な人柄だったようだが、どうだ、それが出来る男だったと思うか」

「為すべきとなったら、躊躇なく刀を抜くのではないでしょうか」

暫《しば》しの黙考ののち、三柳はそう答えた。

「菊水簾吾郎は、坂本さんのような奇説家ではありません。ですが、知略と胆力の備わった大《たい》人《じん》であることに間違いはない。軽挙を為すとは考え難いですから、若しあの人が刀を抜いたのなら、そこには余程の事情があった筈でしょう。少なくとも私はそう思います」

余程の事情と師光は口のなかで繰り返す。

小此木が目を覚まさない以上、二人の間に何があったかは菊水から訊き出す他はない。いずれにせよ、行方を捜すのは必須のようだ。

第三章　菊水を追え

師光が新発田藩邸を辞したのは、夕七つ半を過ぎた頃だった。

見上げる空の端は、石楠花《しゃくなげ》色に染まり始めている。腰の大小を差し直しながら、師光はゆっくりと歩き始めた。

堀川からは蛙の声が騒がしく響いている。見下ろす細流《せせらぎ》は青い夏の闇に染まり、白い泡を噛んでいた。

湿った土と草の臭いを感じながら、師光は帰り際に見た小此木の姿を思い出していた。

小此木鶴羽は、藩邸の奥にある五畳ほどの座敷に寝かされていた。

外聞を憚《はばか》ってか障子の閉ざされた座敷内は薄暗く、また蒸し暑かった。襖《ふすま》を開けた瞬間に血膿《ちうみ》の濃い臭いが鼻を衝《つ》き、師光は思わず顔を顰《しか》めた。

「上役からは、藩に厄介ごとを持ち込むなと叱責を受けました」

師光の表情の変化に気付いたのだろう、三柳が横で苦しそうに云った。

「十津川郷士を運び入れただけでこれですから、小此木君の素性が知られたらどうなることか」

三柳は奥へ進み、少しだけ障子を開けた。吹き込む風が、師光の鼻から臭気を払う。

「お前も苦労するな」

「鹿野さんほどじゃないですよ」

小此木の寝顔に目を落とす。ほっそりとした顔は、下にある枕の布地と違わないほどに白かった。

三柳が布団の側《そば》で膝を突いた。枕元に置かれた水桶から手拭《てぬぐ》いを取り出すと、きつく絞り、小此木の額の汗を拭った。その間も、瞼《まぶた》の硬く閉ざされた顔は面のように動かない。

「ご覧の通り、我が藩では小此木君に十分な手当てをしてやれません。ですから直《す》ぐにでも薩摩藩邸に移そうと思ったのですが、生憎《あいにく》なことに、医師からは絶対安静だと云われました。いま下手に動かしたら疵口《きずぐち》が開いてしまうそうなのです。上役連中も敢《あ》えてことを荒立てたくはない筈《はず》ですから、十津川郷士だと信じている内は奉行所に密告したりもしないでしょう。ですが、彼の容態を考えるとこのままにしておくのも良い手ではありません。どうするべきか、実に難しいところです」


村雲稲荷の鬱蒼《うっそう》とした森影を左手に仰《あお》ぎ見ながら、師光は足を進める。

須磨町の辻を過ぎた辺りから、焼け跡の数が減り始めた。

幾本もの柱だけが、積み上がった残骸から藍色の夕闇に向かって突き出している。焦げた梁《はり》の下には、割れた水瓶や刀身の歪んだ太刀《たち》、横倒しになった簞笥《たんす》などが土埃に塗《まみ》れて転がっていた。師光はその隙間に小さな木履《ぼっくり》を見出して、鉛の塊を飲み込んだような気持ちになった。

自《おの》ずと歩調が早くなり、足早に次の辻で右に折れる。

細い通りは夕闇に沈んでいた。建ち並ぶ町屋からは仄《ほの》かな灯《あか》りが漏れ、濡れた道をしっとりと照らしている。

この道を三町ほど行った先が、目指す膳飯《ぜんめし》屋「松乃屋《まつのや》」だった。

師光が松乃屋へ立ち寄るのには二つの理由がある。一つは夕餉《ゆうげ》を摂るため、そしてもう一つは、菊水の行方を探るべく知人の大曾根《おおそね》一衛《かずえ》に向けた文を預けるためだった。

大曾根は龍馬と同じく土佐脱藩の浪人であり、今は岩倉友山《いわくらゆうざん》――朝廷を追われて出家した先の左《さ》近衛権中《こんえごんのちゅうじょう》将、岩倉具視《ともみ》――の懐《ふところ》刀《がたな》として種々の政治工作に身を奉じていた。そのため洛中洛外の情勢には耳聡く、今回の一件に関しても既に何か耳に入っているのではないかと師光は踏んでいた。

大曾根は神出鬼没の男でその根城は師光も知らないのだが、松乃屋に文と金を預ければそれが彼の元に届けられることは一部の志士たちの間では有名な話だった。ことの次第は既に藩邸で認《したた》めてあり、金は龍馬から渡された物の一部が懐に納まっている。

下駄の音が鳴り響く道の先に、「松乃屋」と書かれた箱提灯《はこぢょうちん》が見え始めた。

暖簾《のれん》を潜《くぐ》り、近場の席に腰を下ろす。薄暗い店内には師光の他に客の姿はない。好都合だった。

いらっしゃいましと色の白い娘が盆に載せた湯呑みを運んできた。

「『加茂《かも》うどん』を葱《ねぎ》多めで」

壁の品書きを一瞥《いちべつ》してから、師光は娘に告げる。あいと元気よく答えて娘は奥へ戻った。

熱いほうじ茶を啜《すす》りながら品書きを眺めていると、板前姿の大柄な男が板場から姿を現わした。

「お武家さま、誠に相済みませんが丁度鴨を切らしておりまして」

色黒の大男は卓の側に立ち、無表情のまま頭を下げた。肌は赤銅《しゃくどう》色に焼けているが、髪だけが霜《しも》を降ったように白い。

「ああ、ほんなら『葱うどん』に変えてくれんか」

「葱の量はどれぐらいで」

少なめで頼むと答えながら、師光は卓上に紫の手帛紗《てふくさ》を置いた。なかには龍馬から貰った切餅の大半、そして委細《いさい》を綴《つづ》った紙切れが包まれている。

男は黙って頷くと、流れるような所作で帛紗を摑み懐にしまい込んだ——これで終《しま》いだ。加茂うどんから続く一連の流れが、大曾根への取り次ぎを頼む符丁だった。

尤《もっと》も大曾根は酷く伝法《でんぽう》な男で、依頼を受けてくれるかどうかはその時の気分に拠《よ》るところが大きい。

大曾根の機嫌が良いことを祈念しつつ、師光は板場から聞こえ始めた葱を切る音に耳を傾けていた。

飯代を払い松乃屋から出た師光は、暫《しば》し黙考したのち、西郷の元を訪ねることにした。大聖寺《だいしょうじ》の土壁に沿って進めば、目指す二本松薩摩藩邸は目と鼻の先である。尾張の鹿野師光がこの一件に加わることは、既に西郷も了解済みだと龍馬は云っていた。どうせ百万遍《ひゃくまんべん》の尾張藩邸へ戻る途上で門前を通るのだから、立ち寄って話を聞いておくのも悪くないだろう。

膨らんだ腹を撫でながら、師光はこの一件に対して興味を持ち始めている己に気が付いた。西郷を訪ねようと思ったのも、その興味が先走っているからに違いない。

龍馬からの依頼は菊水の行方を追うことだが、そのためには先《ま》ず、あの日、村雲稲荷では何があったのかを知らねばならない。そしてそのためには、菊水簾吾郎と小此木鶴羽の人となりについても知っておく必要がある。

夜鳥の声が響く小路を進んで、師光は島津《しまづ》十文字紋《じゅうもんじ》が描かれた門提灯《かど》の下に立った。門を叩き、素性を名乗って西郷への取り次ぎを玄関番に頼んだ。断られた場合は引き下がろうと思っていたが、「貴藩の菊水君の件で」と添えたのが功を奏したのか、存外すんなりと客座敷へ通された。

箱行灯《はこあんどん》に茫《ぼう》と照らされる、八畳ほどの座敷だった。

出された蓬《よもぎ》色の座布団は綿の詰まった上質な物で、師光は勧められるがまま腰を下ろした。

――菊水が見つかった時、西郷は彼をどうするんだろうな。

西郷を待つ最中、師光の心にふとそんな疑念が湧いた。

身内として庇《かば》うのか、それとも長州に示しを付けるため罰するのか。全ては、西郷が薩長協約の構想にどんな思いを抱いているのかに掛かってくる。

それほど乗り気でないのだとしたら、西郷は菊水の擁護に回ることだろう。薩摩藩内の結束の固さは、在京諸藩の間でも有名だった。

しかし、若《も》し西郷が長州と手を結ぶことに前向きなのだとしたら、菊水の存在は薩摩にとって瑕瑾《かきん》となる。菊水が小此木を斬ったと認めれば、長州の手前、西郷は理由の如何《いかん》に拘《かか》わらず菊水を罰する筈だ。否、そもそも事実など関係なく、菊水に詰め腹を切らせることで事態の収束を計ろうとするかも知れない。あの西郷ならばそれぐらいしかねないだろうと師光は思っていた。

師光は、西郷吉之助という男のことがよく分からなかった。

尾張と薩摩の遣り取りを通じて言葉を交わしたことは多くあったが、決して親しく交わっているという訳ではない。師光が敢えて避けているのである。

口さがない在京藩士たちはよく「長州は狡猾、薩摩は愚鈍」と陰口を叩いているが、なかなかどうして、冷徹で恐ろしいのは薩摩の方だと師光は思っていた。彼らは人を斬ることに躊躇《ためら》いがない、そして斬られることにも恐れがない。喜怒哀楽がはっきりとして表裏はなく、善く云えば真に武士《もののふ》らしい、悪く云えば獣が如《ごと》き男たちだった。

昨年の大戦《おおいくさ》に於《お》いて、薩摩兵は一切の躊躇も慈悲もなく逃げ遅れた長州兵を斬殺していった。至る所で繰り広げられた殺戮を目の当たりにして、師光はそう確信せざるを得なかった。

そして、そんな薩摩隼人《はやと》からの信望を一身に集めているのが、西郷吉之助である。

師光の知る西郷は鷹揚《おうよう》で、時には子どものようなあどけなさすら見せる男だった。しかし、人が良いというだけであの荒くれ者たちの頭目が務まる筈がない。

知り合って数年になるが、師光は西郷が声を荒らげる姿をついぞ見たことがない。それ故《ゆえ》に、自分の知らないところで西郷がどんな顔を見せているのかが分からずに、酷く不気味だった。

西郷を前にすると、師光はその巨体にいつも大きな黒鯰《くろなまず》を連想してしまう。気を抜いたが最後、開かれた大口に頭から呑まれるような気がしてならないのだ。

何となく居心地の悪さを感じて尻を動かしていると、襖の向こうから足音が聞こえてきた。

師光が顔を向けるのと同時に襖が開き、西郷吉之助が大きな腹を揺らしながら姿を現わした。その直ぐ後ろには、小太刀を手挟んだ精悍な若者がついている。師光は初めて見る顔だった。

「鹿野さん、お待たせしました」

「いえ、こちらこそ遅くに失礼を」

腰を下ろすや否や、西郷は小山のような身体を押し曲げて深々と頭を下げた。

「坂本さんから話は聞いております。この度《たび》は、簾吾郎の不始末で色々と世話を掛けまして誠に申し訳ない」

「そんなとんでもない。維新回天の業、この鹿野師光にお手伝い出来ることがあれば」

ゆっくりと顔を上げた西郷は、師光の手元に目を落とし、おい半次郎と座敷の隅に叱責の声を飛ばした。箱行灯の陰となる柱の側には、先ほどの若者が控えていた。

「鹿野さんに茶も出さずに何をしとるか。早う持って来い」

お構いなくと師光は手を振るが、青年は師光に一礼すると足早に退出した。

面識こそなかったが、何者であるかの予想はついた。薩摩で半次郎といえば、西郷の護衛として、また「人斬り半次郎」として名の知られた中村半次郎に違いない。勇名を轟《とどろ》かせるようになったのはごく最近のことだが、薬丸自顕流の凄まじい遣い手だと専《もっぱ》らの噂で、師光も名前だけは聞き知っていた。

「気の利かん田舎者で」

西郷は恥じるような表情で再び頭《こうべ》を垂れた。それこそ、こちらが恐縮するような身の縮めようだった。

「それで鹿野さん、簾吾郎のことでお話があるとのことでしたが」

「既にご存じの通り、おれは坂本さんに頼まれて貴藩の菊水簾吾郎の行方を追っとります。それはええんですが、実際のところおれは彼とあまり面識がない。ほんだで、幾つか教えてまいたいことがありまして」

「そりゃ何なりと」

西郷が深く頷いた時、襖が開いて半次郎が大皿を手に入ってきた。

鮮やかな伊万里《いまり》の上には、白皮の饅頭《まんじゅう》が幾つも載っている。後に続く中年の男が、師光と西郷の前に縁の厚い湯呑み茶碗を置いた。半次郎は再び箱行灯の側に戻り、中年男は退出した。

「亀屋《かめや》の芋饅頭です。私はこれが好きでしてなあ。鹿野さんも一つどうぞ。美味《うま》いですよ」

西郷は嬉々《きき》とした表情で手を伸ばし、丸ごと一個を口のなかへ放り込んだ。

師光も手持ちの懐紙《かいし》を膝の前に敷いてから、一つを手に取ってみる。丁度掌《てのひら》に収まるぐらいの大きさで、西郷はこれがそのまま口に入るのかと呆れながら、一部を摘まみ取って口に入れてみた。

甘い。

皮は思ったよりも薄く、その分、濃厚な芋餡がみっしりと詰まっている。渋い茶が欲しくなる味だ。

師光は残りを懐紙の上に置き、湯呑みを手に取った。

湯呑みは焼け石のように熱く、思わず取り落としそうになる。我慢しながら何とか口をつけるが、案の定、唇が爛《ただ》れそうなほどに熱い茶だった。

口を濯《すす》ぐことを諦め、師光は急ぎ湯呑みを戻す。ほうと一息吐《つ》き、未《ま》だ口を動かしている西郷の顔を改めて見た。

「結局、菊水はあれから一度も藩邸にゃア戻っとらんのですか」

指に付いた饅頭の皮を舐め取りながら、西郷は首肯《しゅこう》した。

「うちはこの二本松屋敷以外にも錦《にしき》と伏見《ふしみ》に藩邸を構えておりますが、そのいずれにも簾吾郎は戻っておりません」

「他に彼が行きそうな、頼ることの出来そうな所に心当たりはありますか」

「どうでしょうなあ。簾吾郎は他の藩や寺社との折衝《せっしょう》に当たることが多かった。そのぶん顔だって広い訳で、頼る相手には苦労しないでしょう。馴染《なじ》みの芸妓やら女を囲っているとは聞いておりませんが――そうだったな？」
最後の言葉は半次郎に向けられたものだ。少し顔を伏せたまま、半次郎は左様《さよう》で御座います
と低い声で答えた。
「菊水の兄《あに》さんのお知り合いには探りを入れている最中ですが、どれも手応えのないものばか
りです」
西郷に目を戻しながら、師光はそうですかと残りの饅頭を頬張った。
怪しい。
首を捻《ひね》る西郷の所作も、半次郎の今の説明も、師光の目にはどこか芝居がかって映った。
彼らは何かを隠しているのではないか。しかし、それでは話が違う。龍馬の話では、西郷は
師光の出馬に乗り気だった筈だ。薩摩藩内の反対派を抑えたのではなかったのか。無言の内に
糾《ただ》す師光の視線に、西郷は莞爾《かんじ》と口角を上げた。その笑顔の下にどんな思いが隠されているの
かは、到底覗《のぞ》けそうもなかった。
「彼の手荷物はどうです。そのままの格好で街道に出たら目立つでしょうから、旅装の類《たぐ》いが
持ち出されたりはしとりませんか」
「気に掛けていたのですが、未《いま》だに手付かずで残されております。念のため中身も検《あらた》めました
が、なくなっている物もないように思われます」
西郷に問うたつもりだったが、返答したのは半次郎だった。矢張《やは》り、師光とは目を合わせよ
うとしない。

師光は憮然として腕を組んだ。これでは話にならない。早々にこの会談を切り上げようとしているのか、まるで手応えがなかった。

いったいどういう訳なのか。怒りよりも、むしろ困惑の方が師光の頭を支配していた。龍馬が嘘を吐いているのか、それとも、ここ二日の内に西郷の思いを大きく変えさせる何かがあったのか。

確かに、菊水の行為は薩摩の名に泥を塗るようなものだ。西郷からすれば、菊水について語ることは自藩の恥を晒《さら》すに等しく、決して愉快なものではないだろう。だが、ここまで薩摩の態度が硬いことは師光にとっても想定外だった。

尋ね方を誤ると後々まで支障をきたしそうだ。師光は唇を舐め、慎重に言葉を選びながら次の話題に移った。

「ところで、菊水が小此木鶴羽を斬ったちゅうことについては、どう思っとるんです」

「俄《にわか》には信じ難《がた》い話ですな」

西郷は即答した。

「菊水はそんなことをするような男じゃアないちゅう訳ですか」

「確かにうちの連中は血の気が多い。ですが、そんななかでもおよそ簾吾郎ほど刃傷沙汰《にんじょうざた》に縁のなさそうな奴はおらんのです。だからこそ、私は折衝役を任せていたのですから」

「坂本さんや他の者からも、菊水簾吾郎は性根の穏やかな男だったと聞いとります。矢《や》っ張《ぱ》りあんたから見てもそうなんですね」

「それは間違い有りません」

師光は座敷の隅に目を遣った。視線を受けて半次郎は少し戸惑った顔をしたが、やがて小さく頷いた。

「小此木との関係はどうだったんです。長州が京を追われる以前からの付き合いだったと聞いとるんですが、最近になって喧嘩をしたとか、そういう話はありませんか」

「耳にしたことはありませんな。半次郎、お前は何か知ってるか」

「いいえ、私も同じです。よく連れ立って飯にも行かれていましたし」

「何ちゅう店かは知っとりますか」

「……それは存じません」

半次郎は口を噤《つぐ》み、畳《たたみ》の上に目線を落とした。

師光は湯呑みに手を伸ばす。沸かしたてのようだった緑茶も、流石《さすが》に冷めていた。香りも飛んで苦みばかりの残った茶を、師光は静かに啜った。もう饅頭を食べる気にはならなかった。

「薩長協約の詳細を詰める場にも菊水は同席しとったそうですが、そこでの意見の食い違いが原因ちゅうことも考えられませんか」

「いや、話し合いは順調に進んでおりました」

「しかし、現に小此木は斬られとるんです。理由がなくては刃傷沙汰にはならんでしょう」

「まだ簾吾郎が下手人だと決まった訳じゃありませんよ」

「そうですか？　若しやっとらんのなら、逃げたりはせん筈です」

「ああ、それは確かにそうだ」

西郷は笑いながら頭を掻いた。

独り相撲をしているようで、師光は段々《だんだん》と阿呆らしく思えてきた。

「小此木さんから話を聞けたらいいんですが。坂本さんからは、死んではおらんが重傷だと聞いています。鹿野さんは何か知っていますか」

「ここに来る前に新発田藩邸で三柳にも話を聞いて来たんです。そこで小此木の様子も見て来ました」

「ほう、どうでしたか」

師光は自分が見た小此木の容態を語った。無理に動かすことは出来ないという説明に、西郷は渋い顔で腕を組んだ。

「こちらに移って貰うのは全く構わんのですが、成る程、疵口が開いてはいかんですなあ」

「それに関してはおれも坂本さんと相談してみましょう。あと、菊水について何か分かった時は尾張藩邸にも報せて貰えますか」

それは勿論と西郷は頷いた。

「夜分遅くに失礼しました。ほんならおれはこれで」

師光に併せて西郷も立ち上がり、ゆらりと頭を垂れた。

「簾吾郎のことを頼みます」

半次郎の開けた襖の方に向けて踏み出したところで、師光は例の疑念を思い出した。止めた方がよいかと一瞬思ったが、既に師光は振り向いていた。

「若し本当に菊水が下手人だった場合、貴藩は彼をどうするつもりです」

西郷は口を少し開けたまま、きょとんとした顔で師光を見ている。

よく聞こえなかったのだろうかと再び口を開き掛けた時、西郷は照れたように破顔した。

「それは矢っ張り、腹でも切らせにゃ桂さんには許して貰えんでしょう」

大きな顔の真ん中では、墨《すみ》を零《こぼ》したような団栗眼《どんぐりまなこ》が歪《いびつ》な形で笑っていた。

予想通りの答えだったが、それでも師光は戦慄した。


半次郎から借り受けた提灯を提げて、師光は藩邸への帰路に着いた。

それほど歩き廻った訳でもない筈だが、全身が鉛のように重かった。提灯を左右で持ち替えながら両肩を回してみると、身体の奥で骨の軋《きし》む鈍《にぶ》い音が低く鳴った。

今出川御門の前を通り過ぎた師光は、その場で立ち止まり大きく伸びをした。背骨がぴしぴしと鳴っている。自ずと見上げる形になった濃紺の夜天には、千切ったような灰色の雲が幾つも貼り付いていた――その時である。

師光は背後に何者かの気配を感じた。

立ち止まったまま、首だけで振り返ってみる。

暗い。

奥行きも感じられない漆黒の闇が、目の前には広がっていた。

師光は目を凝らしながら、手元の提灯を闇に向けて動かした。茫とした灯りが通りを照らす刹那《せつな》、払われた闇の端を、黒い何かが素早く横切った。

提灯を突き出したまま、師光は残りの手で咄嗟《とっさ》に鯉口《こいぐち》を切った。

灯りが激しく揺れる。

「何だ、お前ら」

伸び縮みする白い楕円の光の外で、大勢の何かが蠢《うごめ》き始めた。

師光は更に目を薄くする。暗さに慣れてきたのだろう。闇のなかに、白い首が幾つも浮かんで見え始めた。

「おいおい勘弁してくれよ」

取り囲むようにして立っているのは、腰に太刀を差した黒衣に黒袴《くろばかま》の男たちだった。この京に於いてそんな出で立ちをした集団と云えば、心当たりは一つしかない。

「人違いじゃないのか。おれは新撰組の厄介になるようなこたァ何もしとらんぜ」

師光は刀から手を離し、男たちの前で両手を広げて見せる。

「別に怪しいもんじゃアない。おれは尾張藩公用人の」

「鹿野師光殿で相違ないな」

後ろから低い声が聞こえた。

驚き振り返ると、いつからそこいたのか、同じく黒衣を纏《まと》った背の高い男の姿があった。

五尺五寸はあるだろうか。背丈五尺の師光は、仰ぐようにして男の顔を見る。

酷く醒《さ》めた顔をした男だった。眉は薄く、鼻筋の通った顔立ちは端麗だが、投げ掛けられる目線は、白刃を思わせるような冷たさを孕んでいた。

師光は提灯を持ち直し、男に向けてずいと一歩を踏み出す。

「ああ、おれが鹿野師光だ。そういうお前さんは」

「新撰組副長、土方歳三《ひじかたとしぞう》」

師光は鼻を鳴らした。京師《けいし》に名を轟かす鬼の副長のことは、当然師光も知っている。目だけを動かして周囲を確認した。全部で十五名ほどだろうか。大人数で取り囲み、数の力を恃《たの》んで襲撃する新撰組の戦術は有名だが、まさかそれが自分に向けられる日が来ようとは師光も考えていなかった。

「おたくらの管轄はもっと南の方じゃアないのか。管轄破りをするとまた見廻組《みまわりぐみ》に叱られるぜ」

「ご高説痛み入る」

新撰組が警邏《けいら》を命じられているのは、祇園《ぎおん》を中心にした京都南部だったと記憶している。御所周辺や二条城《にじょうじょう》近辺の警邏は、幕臣集団の見廻組や会津藩兵が任されている筈だ。

「鹿野殿、俺たちは貴殿に用があって来た。是非ともお答え願いたい」

一応敬称はつけているものの、土方の口調は尋問するそれと変わりがない。

師光は口をへの字に曲げ、唇を突き出す。

「おれには何の用もないし、答える義理もない。通らせて貰うぞ」

提灯を掲げ直し、師光は足を踏み出した。

声こそ上がらないものの、騒々《ざわざわ》と背後の気配が大きく動いた。

師光は構わずに足を進める。流石の新撰組も、尾張藩公用人に手を出すことの意味は理解している筈だ。案ずるに及ばない——そう頭では思いながらも、背筋には冷たい汗が流れていく。

目の前の土方は、黒い樹のように黙して動かない。その脇を通り過ぎようとした刹那、土方が不意に口を開いた。

「俺たちは、土佐の坂本龍馬が京に入ったことを摑んだ。アンタはそれについて何か知ってるか」

先ほどまでとは打って変わった、酷く砕けた口調だった。

「初耳だな。あの人とはもう長く会っちゃアおらん」

「そうかい。ところでアンタ、木屋町の丹亀にはよく行くのか」

「急に何の話だ」

「昨日の夜、ウチの監察が丹亀から出てくる坂本の姿を見ている。尾行は途中で撒かれちまったがな。で、そこから次いで出てきたのが、アンタだった」

「ほんなら別の座敷におったんだろう。おれは知らん」

「なら丹亀にいたことは認めるんだな？」

動揺を気取られないように努める師光を、土方は面白そうに見下ろしている。

「丹亀の女将《おかみ》がそう云ったんか」

「いいや。ありゃ強《したた》かな婆さんだな、俺たちが行くと急に耳が悪くなるらしい。ただ、丹亀は客を迎える時、いつも三軒隣の料亭『亜風亭《あふうてい》』に仕出しを頼んでいる。調べさせたが、あの晩、丹亀から亜風亭に依頼があった膳は二名分だけだ。それに、丹亀から声の掛かった置屋はどこを調べてもなかった。……女もいねえ茶屋に、仕出し喰うためだけにアンタは出向いたってのか」

師光は言葉に詰まった。流石に仕出しの数までは気が回らなかった。

「薩摩藩邸に寄ったのもその関係なのか。今は西郷も伏見じゃなくてあそこにいるんだろ」

「知らんものは知らんとしか答えようがない。薩摩藩邸に寄ったのも偶々《たまたま》だ」

轟《ごう》と風が吹き、手元の提灯が揺れた。灯りと共に、師光を取り囲む新撰組隊士たちの影も大きく伸び縮みする。頭数は多いのに、誰一人として声を発さない。石仏にでも囲まれているようで、酷く気味が悪かった。

「ほんで、お前らはおれをどうしたいんだ。屯所まで来いちゅうなら行ってやるが」

尾張徳川家と喧嘩する覚悟は出来ているんだろうなという意を言外に含ませて、師光は敢えて言葉を切った。権威を笠に着るのは好むところではないが、ことここに至っては已《や》むを得ない。

「アンタをどうこうするつもりはない、今のところはな。まあ、坂本に会ったら、俺たちが会いたがってるとでも云っといてくれ」

土方が片手を挙げると、それを契機として隊士たちが音もなく左右に移動した。

「帰ってもええんだな?」

「誰も止めやしねえ」

師光は大きく息を吸い込み、胸を張って一歩目を踏み出す。射るような視線が横顔に、背中に突き刺さるのが痛いほど分かった。思わず柄《つか》に伸びそうになる手を、必死に抑え込む。ゆっくりと、しかしいつでも走り出せるように満身の力を両脚に込めて師光は土方の脇を通り過ぎた。

刹那、師光の耳は土方の微《かす》かな呟きを拾った――ような気がした。

「何だって?」

咄嗟に横を向いてそう問い返した時、既に土方の姿はなかった。提灯を向けると、隊列を組み、闇のなかへ溶け込もうとする黒衣の集団の背が一瞬だけ見えた。

「新撰組まで絡んできたか」

師光はゆっくりと腕を下ろした。薩摩だけでも手に余るというのに、新撰組まで相手にしなければならないとは。

踵《きびす》を返し、今出川通を東へ進む。

いつの間にか夜空は厚い雲に覆われていた。何をやっても上手くいかない日があるならば、それが今日だ。そんな日は、早く寝床に入って寝てしまうに限る。

師光は鼻から深く息を吸い込み、胸のなかの厭《いや》な思いを全て混ぜ込んでから大きく吐き出した。苦い思いは少し残ったが、それでも幾らかは楽になった。

公家《くげ》屋敷の高い塀に挟まれた道を進んでいると、遠方で雷鳴が轟いた。垂れ込めた暗雲のなかで白い光が蠢いている。

不意に、師光の脳裏を或る考えが走り抜けていった。西郷にあの頑《かたく》なな態度をとらせた原因の一端を摑んだような気がした。

師光の頭のなかで、事件は厭な方向に広がりつつあった。今後の方針については、龍馬と相談する必要がありそうだ。

考えを纏《まと》めながら足を進める師光の鼻先を、不意に湿っぽい匂いが掠《かす》っていった。気が付くと、濃い闇のなかに雨気が溶け込んでいる。

どうやら明日は雨のようだ。

第四章　明保野亭《あけぼののてい》にて

五条坂《ごじょうざか》は竹の坂である。

東大路《ひがしおおじ》から清水《きよみず》に続く坂道の両脇では、人の背丈ほどの竹薮《たけやぶ》を従えた無数の苦竹《にがたけ》が天を衝《つ》いている。

自重に頭《こうべ》を垂れる竹林は天蓋《てんがい》を覆い、五条坂は日中でも日暮れのように薄暗かった。それ故《ゆえ》か坂を行き来する人の姿も疎《まば》らであって、陶器の露店が軒を連ねる一本北の清水坂とは大きく様相が異なっていた。

絹糸のような雨が笹を濡らす昼下がり、師光は紅《べに》色の傘を差してそんな五条坂を独りで上っていた。

薮の道を抜けると、白壁の古堂が少し先に姿を現わした。戒名の書き付けで名の知れた経書堂《きょうかくどう》である。

雨に濡れる漆喰《しっくい》壁の辻角で折れ、今度は高台寺《こうだいじ》へ続く下りの三年坂《さんねんざか》に足を踏み入れた。

二階建てのしもた屋に挟まれたこちらの急石段も、今日は人影が疎らだった。普段ならば、閉ざされた格子戸の前には頭を垂れた乞食が大勢並んでいるのだが、この雨のせいか今日は数えられるほどしか見当たらない。直《す》ぐ側《そば》の軒下では、髪や髭の伸びきった小柄な男が破れ筵《むしろ》の上に寝転んでいた。師光の姿を認めると身を起こし、頭を垂れてぶつぶつと何かを呟き始めた。傘を差したまま、師光はゆっくりと坂を下る。足を進める度《たび》に、両脇からは布施《ふせ》を乞う声が多くなっていった。雨脚は強くも弱くもならず、靄《もや》のような雲は依然として京師《けいし》の空を覆っていた。

一町ほど足を進めたところで、右手に広壮な建屋が姿を現わした。玄関脇の箱提灯《はこぢょうちん》には「明保野亭」とある。

師光が軒下で傘を閉じていると、半纏《はんてん》姿の男衆が顔を覗《のぞ》かせた。

「おれは尾張の鹿野師光ちゅう者だが、大濱濤次郎《おおはまとうじろう》殿はおられるか」

師光から傘を受け取って、男衆は恭《うやうや》しく頭を垂れた。

大濱とは龍馬の変名である。

龍馬はよれよれの袴《はかま》姿で、窓の縁に腰掛けていた。

昼の時刻はとうに過ぎているが、脂《あぶら》っぽい顔や不揃いな顎髭から察するに起きたばかりなのだろう。

「蒸し蒸しして厭《いや》になるな。夏の京都は飯も酒も美味《うま》いが、この暑さだけはどうにもやりきれん」

大きな達磨の描かれた団扇《うちわ》で胸元を扇ぎながら、龍馬は師光の前に腰を下ろした。

「新撰組があんたを狙っとります」

師光は挨拶もそこそこに口火を切った。

「昨日、例の件で西郷を訪ねたんですが、その帰り道に取り囲まれました。丹亀であんたと会ったことも既に摑んどりましたよ」

ふうんと龍馬は気のない声で呟いた。

「連中も仕事熱心だな」

「何を暢気《のんき》なこと云っとるんですか。ここに来るのだって苦労したんですよ。見張りが付いとるかも知れんから、後を尾けられないように遠回りして来たんです」

百万遍の尾張藩邸から東山の明保野亭までは、東大路《ひがしおおじ》を道なりに下がれば半刻《はんとき》も掛からない距離である。しかし師光は、物陰から目を光らせているかも知れない新撰組の密偵を恐れ、敢《あ》えて人通りの多い道や馴染《なじ》みの店、諸藩の京屋敷を抜けて明保野亭を目指していた。そのため、藩邸の門を出てから明保野亭に辿り着くまでは二刻以上も掛かっていた。

そりゃ迷惑をかけたなと龍馬は団扇を置き、女中の運んできた湯呑みに口をつけた。脂染みた髪の房が、龍馬の額に一筋だけ垂れた。

他人事のような口振りが、師光の気に障った。

「だいたいあんたは不用心が過ぎる。どうしていつも無腰なんですか。このご時勢に刀も差さんで出歩くなんざ正気の沙汰とも思えん。丹亀の時も脇差だけだったでしょう。襲われたらどうするつもりですか。剛胆と無鉄砲は違うんですよ」

「無鉄砲じゃないぜ。鉄砲はほら、こうしていつも持ち歩いてる」

龍馬は湯呑みを戻すと、身を捩《よじ》って枕元に積まれた荷物の山から黒い短銃を取り上げた。

にこりともする気にはなれず、師光は小鼻を膨らませた。

「済まん済まん、冗談が過ぎた」

龍馬は短銃を脇に置きながら、蓬髪《ほうはつ》を掻いた。

「本当に、なんであんたは刀を持たんのです」

「こっちの方が便利だからだよ。考えてもみてくれ。そりゃ確かに刀は武士《もののふ》の魂だがね、そうは云っても、二、三度打ち合っただけで使い物にならなくなるわ、走って逃げる時には邪魔になるわで、存外厄介な物だぜ？　それよりかは、こいつを撃って相手が目を回している内に走って逃げた方が余っ程いい」

「弾が尽きたら金槌《かなづち》とそう変わらんじゃアないですか」

「金槌か、鹿野さんは面白いことを云うな」

腹を抱えて笑う龍馬の姿に、師光の腹の虫も少しだけ収まった——というよりも、腹を立てているのが莫迦《ばか》らしく思えてきた。とにかく気をつけて下さいと釘だけ刺して、本題に入ることにした。

「今のところ、菊水に関する噂は何も入っとりません。おれだけじゃア限度がありますから、大曾根一衛にも何か知らんかちゅうて訊いとる最中です。菊水が洛中に身を潜《ひそ》めとるのか、それともう離れとるのかぐらいは分かるでしょう」

「へえ大曾根さんに。あの人に頼めるならそれが一番いい。何処《どこ》にいるのか分からなかったんだが、そうか、鹿野さんはあの人とも親しいのか。そりゃいい、とてもいい」

龍馬が素早く手を動かし、ぴしゃりと己の頬を叩いた。蚊でもいたのだろう。手を退《ど》けた後には小さな血の染みが出来ていた。

親指の腹で頬を擦《こす》りながら、それでと龍馬は続けた。

「西郷と話してみてどうだった」

「話が違うじゃありませんか。随分とまァ邪険に扱われましたよ」

掌《てのひら》を袴で擦っていた龍馬は、意外そうな顔をした。

「西郷がおれを巻き込むことに賛成だったちゅうのは本当なんですか」

「勿論だとも。二日前、反対している薩摩の若党を俺の目の前で一喝して抑え込んだのは奴だし、何より、鹿野さんに渡した金の一部は奴の懐《ふところ》から出た物だ。反対だったなら、そんな真似はしない筈《はず》だろ」

「ほんなら、この二日間で、西郷に考えを変えさせる何かがあったちゅうことになります」

「心当たりでもあるのかい」

師光は咳払いをして小さく頷いた。

「気になることがあります。坂本さん、あんたは誰が小此木を斬ったと思いますか」

「誰って菊水じゃないのか」

「西郷は、彼が下手人だと決まった訳じゃアないと云っとりました。確かにそうです。薩長協約が成るかどうかちゅうこの大事な局面で、薩摩藩士が長州藩士を斬ったらどうなるか、菊水簾吾郎ともあろう男がそれを分からん筈がない」

「それはそうだ。長州からしたら、手酷く裏切られた薩摩にもう一回騙されたようなもんだからな。流石《さすが》に桂さんも今度は許しゃしないだろう。西郷が正しい」

「若《も》しそれが、菊水の狙いだったとしたらどうでしょう」

龍馬の片眉が吊り上がった。

「今、どの藩を見ても内情は佐幕と勤皇《きんのう》の二つに割れとります。幕府が推し進めとる二度目の長州攻めに関してもそうです。反対を唱える者がおれば、同じ数だけ賛成を唱える者がおる。一つの藩のなかで腹の探り合いをして、互いに相手を追い出そうと必死だ。なかには流血騒動まで起こしとる藩もあるらしい。薩摩は一枚岩の印象を受けますが、ほんでも、幕府に通じとる者が絶対におらんとは云い切れん」

「……菊水は奉行所と通じた徳川の間者《かんじゃ》だった、そう云いたいのか」

「その通りです。再度の長州征討に抗《あらが》うべく、薩摩と長州が手を組む。そりゃア幕府にとっても蔑《ないがし》ろには出来ん筈だ。計画を瓦解させようとしても可怪《おか》しくはありません。そのために菊水を使ったと、考えられなくもないでしょう？」

龍馬は低い声で唸る。何か納得がいかない様子だ。

「回りくどくはないか。それに、小此木は柳生新陰流免許皆伝の腕前。襲うにしても容易な相手じゃないぜ。幕府がそんな危ない橋を渡るかね」

「ほんだで、予備の策として新撰組を動かしたんじゃアないですか」

「そこで話が繫がる訳か」

「そうです。仮令《たとえ》小此木殺しが失敗しても、仲介者たる坂本龍馬がおらんかったら話は先に進まァせん。だから菊水を使って薩長の仲を裂く一方で、新撰組を遣って仲介人を取り除こうとした」

「西郷はその可能性に気が付いた。信じて選んだ男が実は徳川の間者でしたなんてことになったら、薩摩の面目は丸潰れだ。だから、ことが露見する前に自分たちで片を付けようとしている——こういうことだな？」

「恐らくは。そりゃア菊水の行方を追うおれの存在が疎《うと》ましくて仕方がないのも頷けます」

龍馬は天井を仰《あお》ぎ嘆息した。

「厄介なことになったな」

師光は湯呑みに手を伸ばす。温《ぬる》くなったほうじ茶をゆっくりと口に含み、改めて龍馬の顔を見た。

「手を引きましょうか」

龍馬は天井を見上げたまま口を閉ざしている。

「若し菊水が徳川と通じとるのなら、とうの昔に京からは離れとるでしょう。今更行方を追っても仕方がありません」

「いや、未《ま》だそうだと決まった訳じゃない。世話を掛けるが、もう少し続けてくれないか。桂さんに事情を説明するのは、全てが明らかになってからだ。蓋を開けて本当に菊水が間者だったなら、それはその時よ、西郷も一緒に頭を下げてくれるだろうし、もしご破算になったなら、次の手を考えるまでだ」

「未だあんたは諦めとらん訳ですね」

「当然だ」

そこまで云い切るのならば云うことは何もない。よく分かったと師光は頷いた。

「ほんなら、あんたにも教えてまいたいことがあります。小此木鶴羽ちゅうのは、どんな男だったんですか」

「妙なことを訊くね。なんで小此木なんだ」

「菊水の行方を追うためには、先《ま》ず、あの日村雲稲荷で何があったのかを知らにゃなりません。ほんでそのためには、そもそもあの二人がどういう人物で、どんな関係だったのかも知る必要がある。菊水が前以《もっ》てこれを企んでいたんだとしたら疾《と》うの昔に京からは離れとるでしょうが、単なる口喧嘩の末の斬り合いだったならそうとも云い切れません。菊水のことなら、薩摩の者に訊けばある程度は分かるでしょう。ほんでも、長州藩士の小此木鶴羽を知る者ちゅうと今の京都にはそうそうおらァせん。あんたぐらいなんですよ」

小此木ねえと龍馬は再び団扇を取り上げた。

「どんな男、か。難しい質問だな」

「でも、下関から上洛《じょうらく》する道中は一緒だったんでしょう?」

「口の重い奴なんだ。桂さんからべらべら喋るなって釘を刺されてたのかも知れんが、こっちが幾ら話を振ってもはいとかいいえとかしか答えないんだぜ」

龍馬は思案顔で胸元を扇いだ。

確かに、師光の覚えている小此木の姿も、桂をはじめとする長州要人の後ろで伏し目がちに控える姿だった。護衛という役目なので口をきかないのかと思っていたが、それが素だったようだ。

「ただ、あの気難しい桂さんから信頼されていただけはあって、矢《や》っ張《ぱ》り頭の切れる男だった。薩摩との交渉でも、受け答えは抜群に早かった」

「寡黙だけど冴えた男だったちゅう訳ですね。酔うと性格が変わるとかは？」

「酒には強かったみたいだから、あんまり考えられないな。少なくとも俺たちの前で乱れたことはない」

「坂本さんから見て、菊水との仲はどうでしたか。どうも話を聞いとると、二人はあまり似たもん同士だったちゅう訳でもなさそうだ。友好な関係を築いとったちゅう話ですが、裏がありそうだとかは思いませんでしたか」

「どうだろうなあ。でも、少なくともこんなことが起きるまでは、二人の間に何かあるんじゃないかなんて考えたことはなかった。鹿野さんも分かると思うが、男同士の付き合いにせよ男女の仲にせよ、似た者同士よりまるで違う二人の方が馬が合いやすいもんだ。菊水と小此木はまさにそんな感じだった。そもそも、小此木と菊水は前日の昼にも顔を合わせてるんだ。そこでも、特に普段と違う様子は感じなかったぜ？」

「そうなるといよいよ菊水が小此木を斬った理由が分からなくなります。そんな寡黙な、見方によっては人付き合いを避けるような男が、相手に刀を抜かせるようなことをしでかしますかね？」

「そりゃ分からんぜ。取り繕った仲には見えなかったが、それでも、人と人の間に何が起きてるのかってのは、傍目《はため》にゃ分からんもんだ」

「それはまァそうかも知れませんが……。そういえば、三柳が小此木の処遇についてあんたと相談がしたいちゅうとりましたよ」

師光は湯呑みに手を伸ばしながら、新発田藩邸に於《お》ける三柳の微妙な立ち位置、そして小此木が厄介視されている現状を掻い摘まんで説明した。

「明日か明後日にも訪ねてみよう。西郷さんとも話をしておきたいし、三柳には前に流れた中御門卿への取り次ぎもお願いしたいしな」

「中御門経之《つねゆき》卿ですか？」

この後に師光が訪れようとしていたのは、仙洞御所《せんとうごしょ》の近くに建つ中御門卿の屋敷だった。妙な偶然もあったものだ。

「おれでよかったら紹介出来ますが、どうします？」

「そりゃいい。是非とも頼みたいが——あ、しまった今日は無理だ」

「何か用事がありましたか」

「違うんだ。紋服がない」

「何ですって？」

「いや、実は昨日の晩に煙草盆をひっくり返してね。持ち合わせの紋服を汚しちまったんだよ。お公家《くげ》さんと会うのに、流石にこれじゃあ具合が悪いだろ？」

垢染みた袷《あわせ》を広げながら、龍馬は苦笑した。身形《みなり》に気を払う男だとは思っていなかったので、師光にとっては少し意外だった。

尤《もっと》も、公家や京商人は田舎者を酷く嫌う。気位の高い彼らは良くも悪くも先ず身形で相手を判断するため、身に纏《まと》う物が汚かったり礼を失したものだった場合は端《はな》から相手にもされない。その点、龍馬の配慮は至極真っ当なものだった。

「折角なのに済まんね」

「いや別に構わんですよ。ほんなら、三柳にゃア近々坂本さんが訪ねるだろうからちゅうときます」

師光は立ち上がり、背の筋を伸ばした。

「それにしても、よく降るな」

つられて目を向けた障子窓の向こうでは、東山の連峰が雨に霞んでいた。

裏口から明保野亭を出た師光は、足下に気を配りながら雨の三年坂を下って行った。

中御門邸の訪問は暮れ六つなので、まだ時間は十分にある。途中で何か腹に入れてから向かおうかと師光はぼんやり考えた。

道先には、法観寺《ほうかんじ》の塔が見え始めている。低く垂れ込めた雨雲のせいで、頂上の辺りには茫《ぼう》とした靄が掛かっていた。

少し先の軒下で、浪人風の男がぼんやりと雨空を仰いでいた。色の剝げた鞘《さや》が目に映り、師光の意識は自《おの》ずと例の事件に引き戻された。

――どうして小此木は斬られたのか。

先ほど龍馬との遣り取りを経て、師光は今まで気に掛けていなかった或る事実に改めて着目していた。それは事件の根本とも云える、「小此木鶴羽が殺されることで得をするのは誰か」ということだ。

真っ先に候補として挙がるのは、薩長協約を阻もうと目論《もくろ》む者だろう。小此木を斬り、菊水をその下手人に仕立て上げることが出来れば、長州はいよいよ激高し、薩長二藩の関係は修復不能なまでに陥る。しかし、それ以外で得をする者はいないのだろうか。

――待てよ。

傘の柄を肩に凭《もた》せ掛け直した時、師光はふと思った。

――長州だって、小此木の死を利用出来るんじゃアないのか。

きっかけは「西郷も一緒に頭を下げてくれるだろう」という龍馬の言葉だった。

西郷が頭を下げる――その言葉で師光は、現在、長州が薩摩に対して有利な立場にいるということに気が付いた。

先の戦《いくさ》に於いて、長州は薩摩に苦杯を舐めさせられている。そんな薩摩に向けて差し出した手を、西郷の心変わりによって長州は一度振り払われた。本来ならば話はそこで終わる筈だが、坂本龍馬と中岡慎太郎という仲介者が身を擲《なげう》って説得に当たり、長州は再び薩摩に手を差し出した。

小此木を斬るということは、その手に唾を吐きかけるも同義だ。薩摩も流石に云い訳のしようがなく、龍馬が懸念する通り、今度ばかりは長州も許しはしないだろう。

しかし一方で、薩摩と手を結ぶ以外では長州には生き残る道がないこともまた、動かしようのない事実だった。

疲弊しきった長州では、幕府による二度目の征討を耐えきることは不可能だろう。聡明な長州の桂が、その事実に目を瞑《つむ》ったままだとはどうしても考え難《がた》い。

——若し長州が交渉の場から降りんかったとしたら。頭の上がらん薩摩は、長州の要求を呑まざるを得ん訳だ。小此木を犠牲にした上で交渉を更に有利に進めようちゅう魂胆だったとしたら、長州にだって動機はある。

八坂《やさか》の塔を通り過ぎ、庚申堂《こうしんどう》の門を左手に望む辺りから、坂の勾配《こうばい》がなだらかになる。師光は少し歩調を速め、頭のなかで考えを纏めながら足を動かし続けた。

——薩摩と手を結ぶのは悔しいが必須。その上で、出来るだけ自分たちに有利な条件を薩摩に呑ませるための方策だったと考えれば、長州の手の者が小此木を斬って、その上で菊水を下手人に仕立て上げたちゅうことも考えられなくはないが……。

そこまで考えて、師光は小此木が意識を失う間際に菊水の名を呟いた事実を思い出した。

若し小此木の呟きを耳にしたのが龍馬だけだったならば、聞き間違いということもあり得るだろう。しかし、今回は三柳も同じような証言をしている。二人揃って同じ聞き間違いをしているとはどうにも考え難い。

それに、若し無実なのだとしたら何故《なぜ》菊水はあの場から逃げ出したのか。その説明がつかない。

「菊水の目的は何だったんだろうな」

降りしきる雨を眺めながら、師光は己に問いかけていた。

恵比須町《えびすちょう》の膳飯屋《ぜんめし》で早めの夕餉《ゆうげ》を済ませた師光は、新発田藩邸まで足を延ばした。

龍馬から預かった言伝《ことづて》のためだったが、生憎《あいにく》と三柳は不在だった。玄関番の青年曰《いわ》く、或る公家からの急な呼び出しを受け出立したばかりだという。

「帰りがどれぐらいになるのかは分からないのですが、上がって待たれますか？」

「いや、この後に別の用があるから止めとこう。代わりに言伝を頼めるか」

顔馴染みの青年は勿論と頷いた。

本当ならば小此木の容態も確認したかったのだが、幾ら馴染みの新発田藩邸といえども勝手に上がって様子を見ることは流石に躊躇われる。次の機会に廻すことにした。

「ほんなら、『例の件、委細《いさい》承《うけたまわ》った。薩摩への要請は自分の方で済ませておくから気にするな。また近い内に訪ねる』。坂本さんがそう云っとったちゅうて三柳に伝えてくれ」

お任せ下さいと答えたのち、彼はまだ何か云いたそうな顔で師光を見ている。

「どうかしたか?」

「あ、いや、その坂本というのは、若しかして土佐の坂本龍馬先生のことでしょうか」

師光の沈黙を肯定と捉えたのか、ああ矢っ張りと青年は興奮した口振りで微笑んだ。

「実は少し前に――ええとあれは二十日だったかな、黒羽二重《はぶたえ》を羽織って大小を差した立派な身形のお武家様が三柳さんを訪ねて来ましてね。その人が土佐の坂本って名乗ったんですよ。その時も今日みたいに三柳さんが不在だったのでお引き取り願ったのですが。でも、土佐で坂本と云えば坂本龍馬先生しか知りません。まさかと思っていたら、昨日ぐらいから、あの坂本龍馬が密かに上洛しているという噂をよく耳にするようになりまして。じゃあ矢っ張りあれは本当に坂本先生だったんですね。凄いなあ」

評判の壮士に出会えた嬉しさからか、青年は熱っぽく語り続けている。その姿に、師光は一抹《いちまつ》の不安を感じていた。

新撰組が動き始めている時点で覚悟はしていたが、思っていたよりも龍馬上洛の風聞は流布《るふ》しているらしい。風説というものは、水に垂らした朱墨《しゅぼく》のように直ぐ広まっていく。口さがない京童《きょうわらべ》に掛かっては尚更だ。

決してそのことを口外しないよう釘を刺し、師光は新発田藩邸を辞した。

東堀川の通りに出た師光は、窄《すぼ》めた雨傘を手に空を仰いだ。

いつの間にか雨も止んでいる。薄曇りの空は白く、日没までは未だだいぶありそうだ。三柳と話し合うことを見込んでいたので、中御門邸を訪ねるのには些《いささ》か早過ぎた。

堀川からは蛙の輪唱が響いている。雨後のためか、いつもよりも威勢がよい。

特に当てもなく歩いていると、前方に村雲稲荷の大鳥居が見え始めた。

ふと、昨日出会《でくわ》した作兵衛の渋い顔を思い出す。

そもそも、龍馬が事件当夜に会った老爺《ろうや》があの作兵衛で間違いないのだろうか。その確認も含めて、今一度足を運んでおくことも悪くはない。

傘を揺らしながら、師光は大鳥居に足先を向けた。

薄暗い境内《けいだい》には、湿り気のある匂いが充ちていた。

葉末から滴《したた》る雨粒が、さわさわと鳴っていた。遠くに響く蟬の声が、その静寂を却って際立たせていた。

神楽《かぐら》舞台を廻り、拝殿の角を曲がって鳥居道の方に進む。

あと数歩というところで、小さな人影が鳥居道から急に飛び出してきた。

後ろに籠《かご》を背負った、色の白い男児だった。余程師光の姿に驚いたのか、わっと叫び声を上げたままその場に固まっている。

師光は、龍馬の話にも少年が出てきたことを思い出した。

「坊、お前さんはここの社家《しやけ》の児《こ》だな?」

努めて和《にこ》やかな顔で師光が問い掛けると、男児は少しだけ身を引きながら小さく頷いた。

「作兵衛の爺さんに用があって来たんだが、忙しいかな」

「爺さまはいません」

「出掛けとるのか?」

「そうです」

「いつ頃戻る?」

「知りません」

師光を上目遣いに睨んだまま、男児は硬い声で云った。

「坊は作兵衛の孫か」

「弥四郎《やしろう》」

「え?」

「坊じゃない、弥四郎」

どうやら呼び方が気に入らなかったようだ。済まん済まんと師光は苦笑する。

「ほんなら弥四郎、ちと訊きたいんだが、作兵衛の爺さん以外でこの社家に仕えとる人はおるのか」

「ううん、爺さまだけ」

そうなると、矢張《やは》り事件当夜に龍馬が出逢ったのは作兵衛だったということになる。そして、その脇にはこの弥四郎もいた筈だ。

「爺さんがおらんのなら、また出直すか。ところでな弥四郎、このお社《やしろ》で三日前に人斬りがあったろう？　お前さんは知ってるか」

弥四郎の顔がはっきりと強張《こわば》った。背負い紐を握る拳《こぶし》が白くなる。

「……おじさんは誰」

「そりゃお前、奉行所の者だ」

「爺さまの知り合い？」

「勿論だとも」

咄嗟《とっさ》に口を衝いて出た嘘だったが、弥四郎は幾分かほっとした顔になった。

「それならいいんですけど、昨日も今日も変にお武家さまが多いから」

「色んな奴がここに来とるのか」

弥四郎は目を伏せ、小さく頷いた。

「薩摩か」

「わかりません。でも、色んなお武家さまが来てはあちこち見て廻ってるんです」

恐らくは菊水の行方を追う薩摩の手の者だろう。新撰組は未だこの事件には気が付いていない筈だ。どうやら、それらに比べれば奉行所の方がましらしい。

「そりゃとんだ災難だな」

「仕様がありません。それで何でしょうか」

「あの晩、或る男が下手人を追い掛けてこの鳥居道に入ったらしいんだが、どうにも途中で見失っちまったみたいなんだ」

知ってますよと弥四郎は云った。

「爺さまと曲がった鳥居を直してたら、背の高いお武家さまが走ってきたんです。それで、ここに誰か来なかったかって」

「どうだったんだ。誰か来たのか」

「いいえ。ずっと爺さまと一緒にいましたけど、あのお武家さま以外には誰も来てません」

「本当にか？　若し脅されとるんなら安心しろ、ちゃんと守ってやるから」

「違いますよ、本当に誰も来てないんですってば」

弥四郎は躍起になった。嘘を吐《つ》いているようには見えない。

――どういうことだ。

師光は少なからず混乱した。若し弥四郎の云うことが真実なのだとしたら、本当に菊水は鳥居道のなかで消えてしまったことになる。

しかし一方で、弥四郎たちが嘘を吐くのもまた可怪しいということに師光は気が付いた。

龍馬は鳥居道を通って菊水を追っていた。菊水を庇《かば》うことが目的ならば、実際に逃げた方とは別の方向を指して「あちらに逃げた」とでも答える筈だろう。「誰も来なかった」では訝《いぶか》しまれるだけだ。

「鳥居の修理ちゅうのは、いつからしとったんだ」

「暮れ六つ頃だったと思いますよ。六つの鐘が鳴ったから灯籠《とうろう》に火を入れて、そのまま行きましたから」

丁度龍馬が新発田藩邸を出たのが暮れ六つだった。その時分から修理作業を始めていたのなら、龍馬と三柳が村雲稲荷の鳥居を潜《くぐ》る前から、作兵衛と弥四郎は鳥居道の出口付近にいたことになる。

「灯《あか》りはあったのか」

「提灯を下げてました。もう暗かったですし」

師光は再び鳥居道に目を遣る。それならば、暗闇のせいで見落としたということも考えられない。

鳥居の脇には、草臥《くたび》れた白色の幟《のぼり》が一定の間隔で立っている。どれも灰色に濡れ、鳥居の柱にべったりと貼り付いていた。

「流石に抜け穴とかはないよな」

「当たり前じゃないですか」

弥四郎の呆れた声は直ぐに返ってきた。

しかし、それならばどうやって菊水は姿を消したのか。再度検《あらた》めたが、矢張り鳥居間の隙間はどこを見ても狭く、到底人が抜けられるような代物ではない。

腕を組む師光の背後で、砂利を踏む音がした。

振り返ると、黒衣を身に纏った細身の男が立っていた。青黒いその顔には見覚えがない。

「鹿野師光殿で相違はないか」

師光は咄嗟に身を硬くした。男の錆《さ》びた声には、薩摩の訛りがあった。

怯えたように弥四郎が一歩下がる。男はそんな弥四郎の姿に目を移し、餓鬼《がき》は失せろと低い声で云った。

弥四郎は身を震わせ、師光たちに背を向けて走り去った。

その背を見送り、師光は憤然と男に向き直る。

「何者だ」

無情な顔付きのまま、男は蹌踉《よろ》けるような一歩を踏み出した。

「薩摩藩士、鉈落左団次《なたおちさだんじ》。貴公、西郷先生に頼まれて簾吾郎を捜しておるのだろう」

「だとしたら何だ」

「手助けしてやろうと思ってな」

「西郷の指示か」

鉈落は何も答えず、ただ唇の端を少しだけ歪めてみせた。

師光は鼻を鳴らした。纏った雰囲気とその厭らしい目付きだけで十分だった。

目の前の男は、菊水に関する何らかの事実を売りつけようというのだろう。この手の輩《やから》は、今までにも厭というほど見て来た。そして、それらの大半が箸にも棒にもかからぬ奴らであることを、師光は経験から知っていた。

「おれはお前のことなど知らん。西郷の紹介でもあるなら別だが、何もなしに信用なぞ出来るか」

踵《きびす》を返そうとした師光の肩越しに、待てと声が飛ぶ。

「そんなことは百も承知だ。何せ俺は簾吾郎とは旧《ふる》い仲でね。心配をしておるのだ。だから貴公には頑張って貰いたいと思っている」

「ほんなら、お前が自分で捜せばええ」

「ところが、そうもいかない訳があってな。それなら先ずは俺を信じて貰うところから始めようか。そうだな、室町二条《むろまちにじよう》の辻を上がった処《ところ》に、漢林堂《かんりんどう》という合薬屋がある。そこは簾吾郎の行きつけなんだ」

「奴は何か患っていたのか」

「違う。あいつはそこの薬膳が好きだったんだ。それで、よくあの長州の若造も連れて行っていた。騒動の二日前にも、奴らは漢林堂を訪れている。嘘だと思うなら行ってみればいい。あそこの主人は耳を側《そばだ》てる男だから、何か聞いておるかも知れんぞ」

「分からんな。何故それをおれに教える。目的は何だ」

「だから云っただろう。俺は簾吾郎が心配なんだ。まあ行くも行かないも貴公次第だ。だが、若しそれで俺のことを信用出来たのなら、明後日の同じ時刻にこの場所へ来い。更にいいことを教えてやる」

「おい待て」

鉈落は何も答えず、腰に差した黒鞘を揺さぶりながら木立の闇に消えていった。酔漢のように覚束《おぼつか》ない足取りだが、決して隙を見せようとはしない身の熟《こな》しに、師光は手練《てだ》れの片鱗を見た。

気が付けば夕闇が迫っていた。見上げる空は薄紫に染まりつつある。

頭のなかでは思念の材料が多く舞っているが、それらを纏める前に先ずは中御門卿との約束を果たさなければならない。

師光は唇を結び、足早に外を目指した。

第五章　黒と白

懐中《かいちゅう》から手拭いを摑み出し、師光は首筋の汗を拭った。

昨日の雨雲を引き摺《ず》ったような薄曇りの下、二条通《にじょうどおり》には蒸し蒸しとして纏《まと》わり付くような暑気が充ちていた。

汗に貼り付く布地だけでも不快なのに、加えてこの匂いだ。

二条通には薬問屋が多く軒を連ねており、店先から漂う何とも形容のし難《がた》い匂いが師光の鼻を衝《つ》いていた。

品が品だけに陽射しを遮《さえぎ》る必要があるのか、どの店も軒下には薄い紗《しゃ》や簾《すだれ》を垂らし店内の様子は覗《うかが》えない。二条城へ続く大通りの筈《はず》だが、どの店もしんとしていて、往来にも頰被《ほっかむ》りをした屑拾いが俯《うつむ》きがちに歩いているだけだった。

両替町《りょうがえまち》の薬祖《やくそ》神祠《じんし》を横目に、次の角で北に折れる。

手拭《てぬぐ》いを懐《ふところ》に仕舞い、手前の店に足を踏み入れた。

薄暗い店内は、より濃い生薬《しょうやく》の匂いに充ちていた。店の奥から主人らしき額の突き出た男が現われ、いらっしゃいましと陰気な声で云った。

「ちと訊きたいんだが、この近くに漢林堂ちゅう店はあるかね」

主人は陰鬱な顔のまま、節くれ立った指で往来を指した。二軒隣の路地に入った突き当たりが漢林堂だと云う。

礼を述べてから表に出ると、往来には陽が差していた。見上げた雲の切れ間からは、薄青の空が覗《のぞ》いている。白光に目を細めながら、道理で見つからない訳だと師光は胸の裡《うち》で呟いた。銘落の言葉がどうにも気になった師光は、昨夜、中御門邸を辞した後にもこの場所を訪れていた。しかし、既にどの店も暖簾《のれん》を下ろしており、肝心の漢林堂を見つけることが出来なかったのだ。

狭い路地に足を踏み入れる。植木台を避けながら少し進むと、直《す》ぐに突き当たりの町屋に出《で》会《くわ》した。

黒ずんだ佇まいで、特に看板なども見当たらない。ここが漢林堂なのだろうか。逡巡《しゅんじゅん》ののち、裏口を確かめようとしたが、両脇の塀が迫っており奥には回れそうもない。

師光は諦めて正面の障子戸を引いた。

つんとした匂いに思わず顔を顰《しか》める。薄暗い六畳程の板張りの間では、古びた百味簞笥《ひゃくみだんす》を背に、貧相な顔付きの男が大鉢で何かを擂《す》り潰していた。

「何か御用で」

「漢林堂ちゅうのはここでよかったか」

「へえ左様《さよう》ですが」

男は擂り粉木《こぎ》を廻し続けながら、師光を一瞥《いちべつ》した。擂鉢のなかでは、白っぽい木の実が半分ほど潰されていた。

周囲に目を遣ると、番台の近くに「漢林堂」と書かれた大福帳が置いてあった。間違いはなさそうだ。

「ここは薬膳を出すのか」

「まあ、頼まれりゃ出さねえこともないですがね」

「六日前に、二人の男が飯を喰いに来た筈だ。覚えとるか」

「さて、どうでしたか」

擂り粉木の音が大きくなった。酸《す》い匂いが濃くなる。

師光は框《かまち》に腰を下ろし、幾ばくかの銭を板張りの上に置いた。

男は上目遣いに師光を見た。腕の動きが遅くなる。

「どうだ、覚えとらんか」

「こりゃ恐れ入ります」

節くれ立った手が、素早く銭に伸ばされる。

「待て」

師光は板張りを叩くようにして銭を覆った。男は慌てて手を引いた。

「まァ、そう焦らんでもええじゃないか」

男はばつの悪そうな顔で擂り粉木を置いた。

「いやなに、こちらも仕事がありますものでね。悪く思わんで下さいよ。ご覧の通りあたし一人で切り盛りしてる訳ですから、そうだらだらとお喋りしている訳にもいきませんので。ああ申し遅れました。あたしは主《あるじ》の江悦《こうえつ》と申します。どうぞお見知りおきを」

「無論邪魔はせんて。若《も》しその二人のことを覚えとるんなら教えてまいたいことがあるだけだ」

「ええ、そりゃもう何なりと。薩摩の菊水様とお連れ様のことでしょう？　確かに十八日の夜、奥のお座敷で薬膳をお召し上がりになりましたよ」

江悦は板張りに両手を突いて、身体ごと師光に向いた。

「二人は馴染《なじ》みの客なのか」

「菊水の旦那はよくご贔屓《ひいき》にして頂いております。お連れ様も長らく御無沙汰でしたが、最近になってまたよくお越し頂いておりました」

「二人はどんな話をしとった」

「そりゃあ分かりませんよ。四六時中付いていた訳じゃありませんので」

「雰囲気ぐらいは分かるだろう。議論しとったのか、それとも楽しく語り合っとったのか」

「さてね、特に普段と変わりはなかったと思いますが」

「その普段をおれは知らんのだ」

「穏やかにお話しされていたという意味です」

「本当か？」

師光は眉間に皺《しわ》を寄せ、銭ごと手を引いてみる。江悦は慌てた顔で、身を乗り出した。

「嘘じゃありませんよ。お銚子《ちょうし》をお持ちした時もお二人はいつものように談笑されていました。間違いありません」

師光は板張りの銭から手を離した。ぎこちない笑みを浮かべ、江悦はいそいそと銭貨を取り集めた。

「それにしても、旦那は何をされているお方なんで」

「何でもない。頼まれて少し動いとるだけだ」

「へえ、それなら旦那も、菊水の旦那を捜していらっしゃるんですか?」

口に出してから失言に気付いたのか、銭を数えていた江悦は慌てて首を振った。

「ああいや、その、何となくそう思っただけでして」

「嘘を吐《つ》くな。おれは何も云っとらんぞ。お前、矢《や》っ張《ぱ》り何か隠しとるな」

刀を引き寄せてみせる師光に、江悦は青い顔で飛び退《の》いた。手から零《こぼ》れた数枚の小銭が、板張りに散って耳障りな音を立てた。

「滅相もありません。ただ、前にいらした鉈落って薩摩のお武家さまが、旦那と同じようなことを訊いてこられて、菊水の旦那が姿を晦《くら》ませたから捜しているんだと云っておりましたもので、ああ、それなら旦那も同じなのかと思っただけです。ええ、本当にそれだけなんです」

「その鉈落ちゅう奴にはなんて答えたんだ」

「いやあ、それがその、どうにもあの方は怒鳴《どな》り散らすだけで困りました。旦那みたいにきちっとされてるお人なら、こちらも喜んでお話しするんですが」

「回りくどい云い方をするな。要は金払いが悪かったから適当に誤魔化したんだろ」

散らばった銭を集めながら、江悦は口の端を歪めてみせた。

師光は太刀《たち》を摑んで腰を上げた。あまり得るものはなかったが、訊くべきことはこれで訊けただろう。

「旦那、厄介ごとなら巻き込まないで下さいよ」

「安心しろ、お前さんが嘘を吐いとるんじゃなかったらもう来たりはせん。ついでだから訊いておくが、菊水が身を隠しそうな場所に心当たりはあるか」

「さて、思いつきもしませんね」

そう答えてから、江悦は口をへの字に結んだ。

対価を求める前に答えてしまったことを悔いている顔だった。


漢林堂を出た師光は、白昼の烏丸通《からすまどおり》を北に向かった。目指す先は二本松薩摩藩邸である。

門番に取り次ぎを頼む、相手は直ぐに現われた。

「西郷先生は外出されていますが」

怪訝《けげん》そうな顔で半次郎は云った。呼び出されたのが自分であることに納得がゆかない顔だった。

「構わんよ。おれはお前さんと話がしたかったんだ」

「俺ですか」

師光は頷き、門扉《もんぴ》から離れた。後ろを覗うと、半次郎は戸惑い顔のまま、それでも師光に従っていた。

突然、紙風船の破れるような音が遠くに聞こえた。たあんという甲高いその音は、塀の向こうから立て続けに三回響き渡った。

お気になさらずと半次郎は師光の横に並んだ。

「裏では鉄砲の修練をしています。その音ですよ。それより、本当に俺なんですか」

「ああ、いきなり西郷さんに尋ねるにゃアちっと具合が悪いからな」

「俺がお話し出来ることなんてありませんよ」

公家《くげ》屋敷の門が並ぶ烏丸今出川の辻まで来たところで、師光は足を止めた。

少し離れた所で半次郎も立ち止まった。

「そう身構えんでも、別に取って食おうって訳じゃない。例の件について、或る薩摩藩士のことが訊きたいだけだ」

「誰ですか」

「鉈落左団次」

半次郎の眉間に刻まれた皺が更に深くなった。

「理由をお聞かせ下さい」

「そんな顔をするちゅうことは、矢っ張り曰《いわ》く付きの男なのか」

「理由を教えて下さい。なぜ鉈落の兄《あに》さんのことをお尋ねになるのですか」

半次郎は頑《かたく》なに繰り返した。師光は仕方なく辺りを見渡す。赫灼《かくしゃく》と陽の照りつける往来には、少し先の門前で打水をする娘の他、風呂敷包みを携《たずさ》えてのろのろと足を進める商人風の男の姿しか見当たらない。

師光は半次郎に歩み寄り、その肩先で囁《ささや》いた。

「昨日の夕刻、薩摩の鉈落左団次と名乗る男がおれの前に現われた。初めて会う奴だったが、そいつはおれが菊水の行方を追っとることを知っとって、その上で対価を払うなら『いいこと』を教えてやると云った。当然、いきなりそんなことを云われて信じるほどおれも莫迦《ばか》じゃアない。奴もそう思ったんだろうな。おれからの信頼を得るために或る話を零した。菊水と小此木が、事件の前に飯を喰った店についてだ。いま確かめてきたが、それは本当だった」

「それで、何か遣り取りはされたのですか」

「いいや、奴との約束は明日の夕刻だ。だからそれより先に、鉈落の素性が知りたい。信用出来る男なのか」

半次郎は目線を下げ、小さく唸った。

「俺から云うことでもないんですが、お止めになられた方がいいと思います。飽くまで、俺はそう思うというだけですが」

「つまりは碌《ろく》でもない輩《やから》ちゅうことだな」

「悪い人ではないんです。ただ、鉈落の兄さんは菊水の兄さんのこととなると頭に血が上りやすくて」

「喧嘩でもしとるのか」

「鉈落の兄さんは、菊水の兄さんにお役目を盗られたと思っているんです。元々、薩摩の渉外役は鉈落の兄さんが任されていました。あの人は飛太刀流《ひたちりゅう》の腕も一流で、なおかつ、余所《よそ》との駆け引きにも長けていたからです。それを西郷先生に買われて、鉈落の兄さんは一気に出世しました。ただ色々とありまして、お役目は交替になりました」

「他藩とぎくしゃくし始めて、薩摩の孤立を危ぶんだ西郷が鉈落を外したちゅう感じか」

半次郎は目を逸らしたまま、小さく頷いた。

師光は昨日の遣り取りを思い出す。駆け引きに長けていると半次郎は云ったが、それにしては言葉の端々に粗暴な性格が見え隠れしていた。彼らの云う駆け引きとは、師光の考える交渉とは別物なのだろう。あの調子で続けていたのなら、他藩との間で軋轢《あつれき》が生じても仕方がない。

「鉈落と菊水はどちらが年長なんだ?」

「鉈落の兄さんが一つ歳上です」

「今までに、二人の間で何か諍《いさか》いは」

「流石《さすが》に、鉈落の兄さんも皆の前で何かしたりすることはありませんでした。それでも、裏ではあれこれと邪魔をしていたようです。菊水の兄さんは気にしている様子もなかったですが」

「ほんでも、菊水からしたらやりにくいだろうな。面と向かって抗《あらが》うことも出来んだろうし」

半次郎は顔を伏せ、再び黙り込んだ。喋りすぎたことを悔やんだのかと思ったが、そんな様子でもない。

あのと半次郎は唐突に口を開いた。

「俺からもお訊きしたいことがあります。菊水の兄さんのことで何か分かったことはありますか」

酷く真剣な眼差《まなざ》しだった。半次郎がそんな顔をするとは思わず、師光は意外に感じた。そんな師光の反応を別の意味で捉えたのか、半次郎は顔を曇らせた。

「矢っ張り何かあったのですか」

「いや、生憎《あいにく》と未《ま》だ新しいことは何も分かっちゃおらん。ただ、お前さんが菊水の心配をしとるとは思わなくてな。ちっと驚いただけだ」

半次郎は決まりの悪そうな顔になった。

「心配と云いますか、菊水の兄さんには色々と教えて貰ったので、その恩を感じているだけです」

「剣術の指南役だったのか？」

人斬り半次郎の師ならば、菊水の腕も相当なものと見込んでおかなければならないだろう。遣り合って勝てるかは分からない。

だが、半次郎の答えは否だった。

「菊水の兄さんは、これから大事になってくるんだと云って俺に学問の大切さを教えて呉《く》れました。俺はその、田舎者ですから」

そこまで語って、半次郎は不意に顔を伏せた。

「済みません、余計なことでした」

「構わんよ。……なあ、お前さんはどう思っとるんだ」

「どうとは」

「小此木を斬ったのは、本当に菊水だと思うか」

暫《しば》しの沈黙ののち、半次郎は地面に目を落としたまま分かりませんと呟いた。

「菊水の兄さんは情が深い人です。でも、単なるお人好しじゃない。若し小此木様が何か許されないことをしたのなら、その時は躊躇《ためら》いなく斬るでしょう」

三柳も同じように云っていたことを思い出した。師光のなかで、漸《よう》く菊水簾吾郎という男が像を結び始めていた。

よく分かったと礼を述べ、師光は質問を重ねた。

「訊きたいことはもう一つある。斬られた小此木のことだ」

「申し訳ありませんが、それはお答えしかねます」

半次郎は直ぐにそう返した。

「あの人とは話をしたこともないのです」

向けられた目付きは鋭く、声の調子も今までとは打って変わった硬いものになっていた。

「そうじゃない。おれが知りたいのは、奴が何処《どこ》に身を寄せとったのかちゅうことだ」

「だから知りませんよ。坂本様にでもお訊きになったらどうですか」

突き放すように半次郎は云った。師光はゆるゆると首を振る。

「嘘はいかんな、お前さんらが小此木を野放しにしとった筈がない。西郷さんに云われて、ちゃんと後を追っとるんだろう?」

「だとしたら何です。菊水の兄さんがそこに隠れているとでも云うんですか」

「それだと話が早いんだがな。おれが知りたいのは飽くまで小此木についてだ。若し奴の手荷物に日記の類《たぐ》いでも残されとるんなら、菊水との間で何があったのか分かるかも知れん。それが分かれば、菊水の行方を追う道標にはなる」

唇を結んだ半次郎の厳しい表情に、微《かす》かな動きがあった。

「そこまではしとらんのか?」

「……最早《もはや》、お二人の間に何があったのかは問題ではないのです」

「お前たちはそう考えるのかも知れん。ただおれは違う」

半次郎は険《けわ》しい顔のまま口を閉ざしている。答え倦《あぐ》ねているのか、そもそも答える気がないのか。その顔からは判断が出来ない。

熱気を含んだ風が、師光の顔を拭った。鳴き声を上げて、一匹の蟬が築地《ついじ》塀《べい》から飛び立つ。

睨み合いの沈黙を先に破ったのは、半次郎だった。

「大徳寺の脇を抜けて紫竹村《しちくむら》へ向かう途中に、大福寺《だいふくじ》という小さな寺があります。小此木様はそこに逗留されていました」

「紫竹の大福寺だな。廃寺なのか」

「年老いた住職が一人いらっしゃいます。小此木様とは特に顔馴染みという様子でもなさそうでした」

寺社のなかには、金さえ払えば素性も確かめられずに逗留出来る所が多くあった。脱藩浪人たちにとっての駆け込み寺という訳だ。大福寺もその類いなのだろう。

成る程なと頷く師光に、半次郎は小さい声でこう付け足した。

「俺から聞いたということは呉々《くれぐれ》もご内密に。それと、若し兄さんのことで何か分かったら、俺にも教えて貰えませんか」

「ああ、勿論分かっとるさ」

半次郎は無情な顔で一礼すると、そのまま立ち去ろうとした。

ふと思い立ち、師光は遠ざかるその逞しい背を呼び止めた。

「最後に一つだけ。お前さんから見て、小此木鶴羽はどんな男だった」

「ですから話したことはないと」

「言葉を交わさんくても、纏った雰囲気みたいなもんは分かるだろう。他人から見た印象が知りたいだけだ。お前さんの云う、何か許されないことをしそうな男だったか」

「そう云われましても」

「あまり自分からは話し出さない、口の重い男だったとよく聞く。お前さんから見てもそう思ったか」

「それは、よく喋る坂本様が横にいらっしゃるから余計にそう見えたのでしょう。ただ――」

半次郎の目が薄くなった。

「何となくですが、肚《はら》の底に秘めるものがあるような気がしますね、あの御仁には」

「どうしてそう思う」

「だから何となくですよ。理由なんてありません。ただ何となく、でもそうだな、敢《あ》えて云うなら随分とおっかない目付きをしていましたから。あまり当てにしないで下さい。飽くまで俺はそう思ったってだけです」

半次郎は再び頭を下げ、今度こそ足早に立ち去った。

独り残された師光は、日陰から黙ってその背を見送った。

菊水と同じように結びかけていた小此木の像は、ここに来て一気にぼやけてしまっていた。

小此木の何かが許せず菊水が刀を抜いたのならば、それはいったい何なのか。

事件前々日の漢林堂での様子、また前日の薩摩藩邸での様子に可怪《おか》しなところはなかったという。ならば、事件の直前にそれはあったのか。それとも、積もり積もった不満が何かをきっかけに爆発したのか。

北西に顔を向けると、建ち並ぶ家々の遙か向こうでは、なだらかな船岡山《ふなおかやま》がその緑を誇っていた。紫竹の大福寺はあの麓《ふもと》にあたる。

師光は笠の縁を下げると、陽向《ひなた》に足を踏み出した。

瑞光院《ずいこういん》の古びた門を右手に臨《のぞ》む辺りになると、人家の数も段々《だんだん》と疎《まば》らになってくる。

見渡す限りの田畑で目に付くのは、小振りな仏殿を構える幾つもの寺社仏閣だった。蓮台野と呼ばれるこの地は、洛東の鳥辺野《とりべの》や洛西の化野《あだしの》と並んで、平安の御代から葬送地として知られていた。寺が多いのはその名残《なごり》なのだろう。この辺りに足を踏み入れるのは師光も初めてだった。

暫《しばら》く道なりに進んで行くと、広い堀を挟んだ築地塀が畑の向こうに見え始めた。臨済宗の本山、大徳寺である。この広大な寺院を越えた先が紫竹村だ。

堀に沿って足を進めていると、右手に幾つかの寺が並び始めた。堀の向こうの重厚な築地塀とは違って、こちらは所々が剝がれ落ち、下の方はすっかり草生《くさむ》している。

門の表札を一つひとつ確認していた師光は、黒ずんだ門の前で足を止めた。門柱に掛かった板には、薄れかかった墨字《すみじ》で「大福寺」とある。

通り過ぎたどの寺もそうだったが、この大福寺も閉ざされた門扉の向こうに人気はなく、ただ蟬の声だけが辺りには響き渡っていた。

脇の切戸を押すと、鈍《にぶ》い音を立ててすんなりと開いた。

境内《けいだい》も荒れ放題の様相だった。本堂へ続く道は流石に白く掃き清められていたが、その脇の砂利では膝丈ぐらいの草が至る処《ところ》で生い茂っている。奥に見える木立も手入れが為《な》されている様子はなく、枝葉は徒《いたずら》に伸びていた。

笠の顎紐を解きながら、師光は本堂に近付いた。

外壁は黒く朽ち果て、浜縁も土埃や落ち葉ですっかり汚れていた。

師光は下駄を脱いで段木を上がった。躊躇いの気持ちはあったが、流石に土足で上がる訳にもいかない。

格子戸の隙間からなかを覗いてみるが、薄暗い堂内に人影は見当たらない。正面の須弥壇《しゆみだん》からは、黄金色の阿弥陀像が辺りを睥睨《へいげい》していた。

みしりと床板の軋《きし》む音がした。

顔を向けると、浜縁の端に小柄な老僧が立っていた。奥からは廻縁《まわりえん》が続いている。そこを通って出てきたのだろうか。

「何方《どなた》ですかな」

長く垂れた白眉毛の下から、老僧は探るような目で師光を覗っている。

師光は小さく礼をして歩み寄った。

「失礼、大福寺のご住職ですか」

「左様、何か御用かな」

「某《それがし》は尾張藩公用人の鹿野師光と申す者。ここに身を寄せている男に用があって参りました」

住職はほうと小さく唸った。

「生憎ですな、もうここにはおりませんぞ」

「出て行ったのですか」

「如何《いか》にも。もうこれで三日になるか四日になるかは忘れましたが」

師光も承知の事実だった。何せ小此木は、今も新発田藩邸で床に伏せっているのだから。

「そうですか。しかし、それは困ったな」

師光は顰め面を作って腕を組んだ。

「彼には預けていた物があるのです。それを返して貰おうと思って来たんですよ」

「それならばご自分で捜されては如何《いかが》か。未だ何も棄ててはおらんですから」

「よろしいのですか」

「構わんでしょう。尊公が本当にあの若人の知り人ならば、何も問題はない筈だ」

願ってもない展開だった。師光は怪しまれないように、神妙な顔で頷いた。

「裏に小さな草庵があります。彼はそこに寝泊まりをしておりましたから、荷物もそのなかです。まあ行ってご覧なさい」

師光は丁寧に礼を述べ、段木を下りた。

笠を被り直し、生い茂る草花を踏み分けながら本堂や庫裏《くり》の脇を抜ける。

茅葺《かやぶ》きの草庵は、建屋から少し離れた場所にあった。

色の褪せた障子戸の手前には平たい沓脱《くつぬぎ》石があり、草庵自体は一段上がった造りになっていた。遠目には納屋《なや》のように見えたが、どうやら元は茶室だったようだ。

立て付けの悪い障子戸を開けると、埃っぽい臭いが鼻を衝いた。

暗い屋内は六畳の畳敷きだった。

右手に見える床の間には何も掛かっておらず、代わりに小さな行李《こうり》が置かれている。左の奥には小さな文机《ふづくえ》が、その手前には薄い布団と蚊帳《かや》が畳《たた》まれていた。目に付く物といえばそれらぐらいだった。

師光は下駄を脱ぎ、屋内に足を踏み入れた。湿気を吸った畳はぶよぶよとして冷たい。蟬の声が少し遠くなった。

床の間に歩み寄り、行李を検《あらた》める。

仕舞われていたのは木綿の半纏《はんてん》や小袖、野袴《のばかま》などの他、長州からの旅路で使われたと思われる小振りな旅行李だった。特に気になる物はない。座敷を横切り布団や蚊帳も広げてみたが、こちらにも何か隠されている訳ではなかった。

文机の上には、すっかり墨の乾いた硯《すずり》と細筆、そして縁の欠けた白磁の水差しが置かれている。近くの燭台では、黄色く濁《にご》った蠟涙《ろうるい》が山を作っていた。

その後も汗と埃にまみれながら座敷を隅まで捜したが、目当ての日記も、他に目を引くような物も見つかりはしなかった。

首筋の汗を拭い、師光はもう一度屋内を見廻してみる。

矢張《やは》り目は文机で留まった。筆記具があるのにも拘《かか》わらず、紙片は疎《おろ》か冊子の類いが一切見当たらないことが師光には引っ掛かっていた。

——誰かが持ち去ったのか、それとも気にしすぎなのか。

脱いでいた夏羽織を着直していると、戸口に住職が姿を現わした。

「お捜しの物は見つかりましたか」

「それがどうにも見当たらんのですよ。紙綴じ、若しくは冊子なんですがね。ご住職は知りませんか」

「さて、儂《わし》は見ておりませんな」

「この硯と筆は彼の物ですか」

「いいや、貸して呉れと云われたから渡した物です。そこの燭台も併せて」

そうなると、矢張り小此木は何かを書いていたことになる。自《みずか》ら述べたということは、この住職が書き物の不在に絡んでいる訳でもなさそうだ。

「某以外に、誰か御坊を訪ねてきた者はおりますか」

「おりませんよ。何ですか、それほど貴重な物だったのですか」

ええまァと曖昧に答えながら、師光は外していた太刀を差し直した。

――正面から訪ねんでも、この荒れ具合なら塀を乗り越えて盗むことも容易だろう。果たして誰が持ち去ったのか。そして、そこには何が書かれていたのか。

しかしなあと住職は困ったような声を上げた。

「そうなると、他にも誰か訪ねて来るかも知れん訳ですな。未だ処分する訳にはいかんか」

「彼が帰ってくるかも知れませんしね」

「棄ててもよいと云われたんですがね」

「何ですって」

思わず住職に歩み寄った。

「どういうことです。彼はご住職に何か云ったのですか」

「ええ。あれは大雨の翌日だったから、二十日のことです。彼は出て行く時に、自分はもう戻らないから持ち物は好きに処分してくれと云ったのですよ」

師光は愕然とした。二十日といえば事件当日ではないか。

「彼はどうしてそんなことを。その理由は何です」

師光の勢いに気圧されて、住職は少したじろいだ。

「詳しくは知りませんよ。ただ京を離れるからと。尊公こそ何も聞いておらんのですか」

そんな筈はない。道半ばの薩長協約を棄て置いて、小此木に帰る場所などない筈だ。一体どういうことなのか。

師光の脳裏には、新発田藩邸で見た小此木の白い顔が浮かんでいた。

半次郎は正しかった。小此木もまた、肚の底に何かを抱えていたようだ。

第六章　無　惨

香ばしい匂いと共に、焼き団子が運ばれてきた。

龍馬は自分の皿から串を摘まみ、先の一つに嚙《かじ》り付く。

「お、ほ、熱」

掌《てのひら》を口に当てて息を吐く龍馬を横目に、師光も串団子を一つ取った。

醬油のたっぷりと塗られた白い餅団子だった。一つの串には三つの白玉が刺さっており、そのいずれからも未《ま》だ湯気が立っている。

少しだけ嚙ろうとした師光の横で、龍馬がほうと息を吐いた。漸《よう》やく呑み込めたのだろう。

鉈落との邂逅から始まり漢林堂の江悦や半次郎から知り得た諸々《もろもろ》を文に纏《まと》め、師光は昨夜の内に龍馬に送っていた。

師光はその文のなかで、鉈落には或る程度の金を払い話を聞いてみるという方針を示していた。参考になるかどうかは分からないが、龍馬も反対はしないだろうと考えたのだ。

しかし翌日――つまり今日の昼過ぎ、その龍馬が突然尾張藩邸の門前に姿を現わした。そして突然の来訪に驚く師光に対して、自分も鉈落との面会に立ち会うと申し出た。

師光は当然渋った。自分以外の者がいれば、鉈落も警戒するだろう。その懸念を伝えると、物陰から見ているだけでいいと龍馬は食い下がった。そうまで云われては、強《し》いて断る訳にもいかない。

約定の時刻までは未だ間があったので、師光と龍馬は藩邸を出て、高野川《たかのがわ》に臨《のぞ》む近くの茶店に入った。師光は密偵の目を気にしたが、堅苦しい尾張徳川家の藩邸になぞいられないと龍馬が云って聞かなかったのである。

河原を望む店先の床几《しょうぎ》に腰を下ろし、二人は並んで焼き団子を食べていた。

「小此木が長州に戻るなんて話は聞いてないぜ」

「ほんなら、どうして彼はそんなことを云ったんでしょう」

もぐもぐと口を動かしながら、龍馬は眉間《みけん》に皺《しわ》を寄せた。

「菊水を斬って何処《どこ》かに逃げるつもりだったか、若《も》しくは、菊水に斬り殺されるのが分かっていたか」

「矢《や》っ張《ぱ》りそういうことなんですかね」

「それでも、諍《いさか》いの理由は一向に見えてこんな」

串に残った餅を舐《ねぶ》り取って、龍馬は呟いた。

「そこら辺りの事情が、鉈落の口から聞けたらええんですが」

「どうだろう、あんまり当てには出来なそうだが」

「確かに。ただ、何がどう転ぶか分からせんのもまた事実です」

息を吹きかけ、師光は団子をひとたま頬張る。もっちりとした食感の後で、焼けた醤油の香ばしさが口中に広がった。

龍馬が店の方を振り返り、茶のお代わりを注文した。

「ところで、大曾根さんからは未だ何の報せもないのかい」

「そうですね。いつもなら二日三日で何かしらを報せては呉《く》れるんですが」

ふむと唸りながら、龍馬は二本目の串に手を伸ばした。師光も二つ目の団子を横から囓る。未だ少しだけ熱が残っている。舌先で転がしながら苦労して呑み込んだ。

「ねえ坂本さん、若し菊水が京から逃げとった時はどうする積もりなんです」

龍馬は直《す》ぐに答えることをしなかった。手元の小皿に団子を載せ、猫背気味に河原を眺めている。

昨日に続いてはっきりとしない天気だった。幾層にも重なった白雲の下では、灰色の雲が棚引いている。雨が近いのかも知れない。

お待たせを致しましたと、小女が茶を運んできた。艶やかな黒い湯呑みには、薄色の煎茶がなみなみと注《つ》がれていた。

「その時は、西郷と一緒に下関まで行って桂さんに頭を下げるしかないだろうな」

河面に目を遣ったまま、龍馬は間延びした声でそう答えた。既にそうなることを見越したような口振りだった。

「そこまでするんですか」

「そこまでするさ」

龍馬は膝の上から小皿を下ろし、湯呑みを取った。音を立て半分ほど飲み干す龍馬に、師光は以前から気になっていた質問を投げかけてみた。

「どうしてそこまでするんです」

「何がだい」

「薩摩と長州を結び付けるなんて無理難題、本来なら土佐の坂本龍馬には何の関わりもない筈《はず》です。多くの金を使ったり新撰組に追われたりしてまで、なんであんたは続けるんです」

龍馬は湯呑みを摑んだまま、酷く意外そうな顔をした。そして、直ぐに大声で笑い出した。

「鹿野さんの云う通りだ。誰かに頼まれた訳でもないのになあ」

「勘違いせんで下さい。莫迦《ばか》にしとる訳じゃアないんです。ただ、何があんたをそこまで駆り立てとるのか、おれにはそれが分っかァせんのですよ」

俺だってそうさと龍馬は顎を撫でた。

「時流に乗って無我夢中に駆けていたら、いつの間にかここにいたようなもんだ。だから理由を訊かれても困る。なりゆきみたいなもんだよ。薩摩と長州に手を結ばせるのだって、何も俺一人でお膳立てした訳じゃない。ここに至るまでには色んな奴らが関わっている。薩摩や長州は勿論、土佐も水戸も肥後も福岡も、多くの連中が手を尽くして、それで死んでいった。俺はその後を継いだだけだ。だけど、奴らはこの国を思いながら命を散らしたんだ。だから俺だって、手を抜く訳にはいかないよ。俺だっていつかは斃《たお》れるかも知れんが、また次を誰かが継いでくれるだろう。昨日までがあって今日になり、それで明日に繋がるんだからさ」

龍馬は蓬髪《ほうはつ》を搔きながら、なんてな、と付け足した。

「大したもんです」

師光はそう返した。嘘偽りのない感想だった。


二人が店を出た頃、師光の予想通りぽつりぽつりと雨が降り始めた。

深めの富士笠で顔を隠し、小雨のなかを西へ向かう。

烏丸の辻に差し掛かった所で、師光は昨日の半次郎との会話を思い出した。

「そういえば、中村半次郎がちっと気になることを云っとりましてね。小此木についてどう思うかを訊いた時のことなんですが」

「ほう、奴は何て」

「小此木は何か肚《はら》に隠しとるようだと云っとりました」

「そりゃ面白いな。半次郎は何か小此木と話していたのかい」

「そういう訳じゃアないらしいんです。ただ何となくそう感じたそうで。心当たりはありますか」

「そう云われるとそんな気もするな。そりゃあ小此木にだって成り上がりたいって気持ちぐらいはあるだろうさ」

「出世欲ってことですか」

「他に何かあるのかい？」

師光は返答に窮した。確かに龍馬の云う通りだ。穿《うが》って考え過ぎたかも知れない。

「ただね鹿野さん、これはここだけの話にして欲しいんだが、俺は小此木より、余っ程あの中村半次郎の方が肚の底に何か隠してるような気がしてならないな」

半次郎が時折覗《のぞ》かせる冷めた顔を思い出し、師光は確かにと苦笑した。

雨のせいか、擦《す》れ違う町衆の姿も疎《まば》らだった。絶えず物陰や背後を確認していくが、怪しい人影も特には見当たらない。

暫《しばら》く進むと、右手に村雲稲荷の大鳥居が見え始めた。

「おれは表から入ります。坂本さんは裏から廻って下さい」

「待ち合わせ場所は例の鳥居道だったな」

「神楽《かぐら》舞台から廻った入口の方です。鉈落はあんたの顔も知っとることでしょうから気をつけて下さいよ」

「大丈夫だ、心配するな」

師光の肩を軽く叩いて、龍馬は横道に入った。

大きなその背を見送ってから、師光も大鳥居を潜《くぐ》る。

石畳の参道を進んでいた師光は、手水舎《ちょうずや》まで来たところでふと足を止めた。濡れた玉砂利の上には、染みのような黒っぽい痕《あと》が残されていた。

身を屈め、小雨に洗われて薄れつつある染みを擦《こす》ってみた。人差し指の腹に付いた汚れは、赤黒い色をしている。小さなその染みは、奥の神楽舞台から途切れがちに手水舎まで続いているようだった。

手水舎を振り返ると、本来ならば立て掛けてある筥の柄杓《ひしやく》が皆地面に落ちていることに師光は気が付いた。

立ち上がり水盤を覗いてみる。石造りの鉢のなかで、水は褐色に濁《にご》っていた。

頭上では、さわさわという雨音が頻《しき》りに響いている。雨脚は徐々に強まりつつあった。師光は鞘口《さやぐち》を摑み、小走りに神楽舞台を目指した。

「おじさん」

そんな師光の背に声が掛かった。振り返ると、頭に手拭《てぬぐ》いを巻いた弥四郎が参道を走って来るところだった。

何かあったのかを訊こうとして、師光は口を噤《つぐ》んだ。弥四郎の顔は普段のそれと変わりがない。よく見れば、片手には何か小包のような物を抱えていた。使いに出た帰りなのかも知れない。

「今日はどうしたんですか」

「ああ、いや、人と待ち合わせをしとってな」

「またあの事件のことですか？」

師光は曖昧に頷いた。

「何処かに行っとったのか」

「そうです。ちょっとお酒を貰いに」

「こないだは悪いことしたな。急に怒鳴《どな》られて厭《いや》な思いをしたろう」

「ううん、よくあることですから」

師光が足を進めると、その横について弥四郎も歩き出した。しとど降る雨に流されて、血痕と思われる件《くだん》の染みはもう殆《ほとん》ど見えなくなっていた。

「あの、お願いがあるんです」

何と云って離れようか悩んでいると、弥四郎が不意に口を開いた。

「おじさんは奉行所の人なんですよね」

何の話かと思ったが、直ぐにそんな嘘を吐《つ》いていたことを思い出した。

「ああ。それがどうかしたか」

「実は、昨日もまたお武家さまが来て、爺さまに色々と訊いていったんです。大きな声で爺さまに迫ったりして。爺さまは気にするなって云ってるけど、それでも怖くて。だから、お奉行さまの力で何とかなりませんか」

向けられた弥四郎の眼差《まなざ》しは、不安に揺れていた。

師光は何と答えるべきか思い倦《あぐ》ねた。

弥四郎の憂慮は手に取るように分かったが、先ほどの血痕のことが気に掛かって上手く頭が回らない。任せろと云っておけば済む話だが、相手が幼い子どもだけにどうにも適当な返事をすることは躊躇《ためら》われた。

話を逸らそうとした矢先、神楽舞台の陰から玉砂利を踏み締める足音が聞こえた。

「おう、あの時の坊主じゃないか」

角から姿を現わしたのは龍馬だった。その顔は、常になく強張《こわば》っていた。

「どうしたんですか」

問い掛けには答えず、龍馬は弥四郎に歩み寄った。弥四郎は師光に隠れるように身を引いた。

「今日、爺さんはいるかい」

「……出掛けてますけど」

「そうか。じゃあ坊主に一つ頼みがある。直ぐに返すから、火を入れた提灯《ちょうちん》を二つ貸してくれないか」

妙な依頼だった。辺りを見ても、未だ灯りが必要な暗さではない。

弥四郎は不安そうに師光を見た。

「おれが約束してたのはこの人だ。弥四郎もこのおじさんは知っとるだろう?」

「あの夜に、人が来なかったか訊いてきた人ですよね」

「よく覚えてたな、偉いぞ」

龍馬がみせる笑顔の端に、焦りのようなものが覗き始めた。落ちた血痕と濁った水盤が脳裏を過《よ》ぎる。矢張《やは》り何かあったのだ。

「弥四郎、済まんが提灯を用意してくれんか」

困惑気味の弥四郎だったが、師光の言葉が後押しになったのか、小さく頷くと社務所に向かって駆け出した。

「何かありましたか」

遠ざかる小さな背を目で追いながら、師光は龍馬に尋ねた。

険《けわ》しい顔のまま、龍馬はああと頷いた。

「来てくれ、向こうで男が死んでいる」


屍体は血溜まりのなかに沈んでいた。

玉砂利を浸す血の沼の縁に立ち、師光は屍体を見下ろした。

「こいつは鉈落だと思うかい」

「どうでしょう、分かりません」

師光はそう答えた。答えざるを得なかった。

屍体は首を斬り落とされていた。

「菊水じゃないだろうな。奴はもっと丈がある。まあ本当に、随分と大事になってきたじゃないか。ええ鹿野さん、そうは思わないか」

龍馬は草臥《くたび》れた顔で己の頬を軽く叩いた。師光は小さく頷いた。

改めて血溜まりに目を向ける。屍体は大の字のような格好で、仰向《あおむ》けに倒れていた。羽織はなく半着《はんぎ》に袴《はかま》姿だが、そのいずれも雨と血で、元の色が分からないほど赤黒く染まっている。また倒れた衝撃で外れたのか、太刀《たち》と脇差は黒い鞘《さや》に収まったまま屍体の脇に転がっていた。

「鉈落との待ち合わせはこの場所だったんだよな？　だったら矢っ張り奴なのか」

「そんな気もしますね。一昨日見た鉈落の太刀も確か黒鞘でしたから。それより、こりゃア一体どういう訳なんです」

「どうもこうもないよ。裏の鳥居から入って、俺は直ぐあそこに隠れたんだ。それで覗き見たらこの有様だ」

龍馬は、向こうに見える藪《やぶ》に囲まれた末社《まつしゃ》の辺りを指した。

屍体があるのは、神楽舞台からも鳥居道からも離れた場所だった。

四方の三間には何もないが、よく見れば玉砂利の乱れたような跡が鳥居道から一直線に延びていた。

血溜まりの縁を廻り、師光は首の斬り口を検《あらた》めた。雨に洗われた桃色の切断面は大きく乱れている。白い脂肪や赤い血の筋も酷く崩れており、それは首が力任せに掻き斬られたことを物語っていた。

「どうしたんだ、何か気になることでもあったのか」

「いや……しかしどうします、このままにゃアしておけんでしょう」

「あの坊主に見つけさせよう。これが鉈落かどうかは分からんが、若しそうだった場合、俺たちから薩摩に報せたら連中がどう受け取るか分かったもんじゃない」

弥四郎を一旦遠ざけた理由が漸く理解出来た。確かに龍馬の云う通りだ。惨《むご》い役目だが已《や》むを得ないだろう。

分かりましたと答えながら、師光は屍体の手首を摑んだ。

「おい、何してるんだ」

「ちっとだけ待って下さい。気になることがあるんです」

雨と血に濡れた屍体の肌には、妙な温かさが残っていた。腕は重さのある一方で軟らかく、何とも形容のし難《がた》い厭な感触だった。

息を込め、屍体を俯《うつぶ》せに倒す。もう片方の腕が不格好に曲がり、玉砂利に擦れて音を立てた。

屍体は尻を突き出した横倒しの格好になった。

屍体の背は、右肩から左腰に掛けて大きく斬り裂かれていた。

「矢っ張りそうか」

「何がやっぱりなんだ」

「胸や腹に傷がないのが引っ掛かったんです。普通、仰向けに倒れるのは前から斬られた時ですからね。それに、動いとる相手の首を刎《は》ねるのは至難の業ですから」

「済まんが分かるように云ってくれんか」

「下手人はこの男を後ろから斬った。その後で刀を構え直し、屍体から首を斬り落としたちゅう訳です」

「なら、どうして屍体は仰向けだったんだ」

「斬り落とした首を包《くる》んで運ぶために、下手人が屍体の羽織を脱がしたんじゃアないでしょうか。その時に仰向けになった」

「よく考えつくな」

顔を顰《しか》めて腕を組む龍馬の全身は、師光と同じように濡れそぼっている。素早く足元から頭まで目を走らせたが、特に汚れのような物は見当たらない。

師光の視線に気が付いたのか、龍馬は小鼻を膨らませた。

「おい待ってくれ。真逆《まさか》俺が斬ったと思っているのか？」

「違いますよ。だって坂本さん、刀を持っとらァせんじゃないですか」

龍馬の腰には脇差しか差されていない。屍体の背に残された疵《きず》は、明らかに大振りな太刀に拠《よ》るものだった。それに、あの短い刀身で首を断つことはまず不可能だろう。

「途中で見たんですが、手水舎の水が酷く汚れとりました。下手人はあそこで首を洗って、何処かに持ち去ったんでしょう。流石《さすが》に生首を下げて歩く訳にはいかんから、脱がした羽織を使ったんです」

「まったく、罰当たりな奴だな。とにかくここから離れよう」

龍馬は笠の縁に手を遣り駆け出した。師光はもう一度だけ屍体に目を落とし、龍馬の背を追った。

裏の鳥居が見え始めた頃、後ろの方で師光たちを捜す弥四郎の声が聞こえ始めた。思わず脚が止まりそうになった刹那《せつな》、その声は不意に途切れた。

弥四郎の叫び声が雨音の向こうから響き渡ったのは、その直ぐ後のことだった。

鳥居を潜り往来に出た。

どちらともなく息を吐き、西に向かって歩き始める。足が重たく感じられるのは、袴が濡れたせいだけではないだろう。

「あれが鉈落だとすると、なんで奴は殺されたんだ」

「何かを知ってまったからでしょうか」

「なら下手人は誰だ？　菊水ってことはないぜ」

師光は黙って頷いた。菊水が師光と鉈落の約束を知っていた筈がないし、そもそも薩摩藩邸から目と鼻の先にあるこの村雲稲荷に再び姿を現わすとは考え難い。

「なんで首を持ち去ったのかちゅうことも気になります。殺すだけならわざわざ首を落とす必要はない。敢《あ》えて持ち去ったのは、屍体を鉈落だと思わせるためかも知れません」

「別の屍体を持って来てか？　だったらそいつは、今日この場所で鹿野さんと鉈落が会うことを知ってた奴になるぞ」

話した相手は半次郎と龍馬だけだ。尤《もっと》も、半次郎には場所まで伝えてはいない。

「ただ、若し下手人が菊水なんだとしたら一つだけいいことがある」

「なんですか」

「奴が未だ京にいるってことだよ」

頭の後ろに手を回しながら、龍馬は草臥れた声で云った。

第七章　鹿ヶ谷《ししがたに》騒動

透き通るような朝の陽が、だらだらと延びる坂を染めていく。

どこかまだ遠慮がちな蟬時雨《しぐれ》のなか、左京《さきょう》は鹿ヶ谷、霊鑑寺《れいかんじ》の脇から如意ヶ嶽《にょいがだけ》へ続く坂の入口に師光は立っていた。

菅笠《すげがさ》の縁を上げ仰《あお》いだ青天には、薄い雲が棚引いている。今日は晴れそうだ。

背の高い土塀に挟まれた坂道は細く長く、右へ左へ少しずつ畝《うね》っている。師光の脳裏を、幼い時分に絵双紙で見た、幾つもの山を跨《また》ぐ大蛇の姿が過《よ》ぎった。

笠の縁を下げ、師光は坂に足を踏み入れた。

蟬の声が少しだけ大きくなったような気がした。


昨日、龍馬と別れ尾張藩邸に戻った師光は、自室の卓上に小さな折鶴を見つけた。藍色の千代紙で折られたそれは、龍馬の来訪を受けて出た時にはなかった物だった。

誰が置いたのかと普通なら訝《いぶか》しむところだが、師光はそれが大曾根一衛からの報告であることを知っていた。手に取って開くと、案の定菱形模様の描かれた紙面の隅には、細い線で「かづゐ」と記されていた。

自《みずか》ら忍び込んでいるのか、それとも手の内の者が藩邸内にもいるのか。大曾根からの報告は毎度この手段で師光に届けられていた。今回は折鶴だが、前回は奴《やっこ》だった。あの屈強で厳酷な大曾根が折紙でと最初は酷く驚いたものの、今ではすっかり慣れてしまった。

裏面には、表と同じ細い墨字《すみじ》で短い文章が認《したた》められていた。

曰《いわ》く、鹿ヶ谷をねぐらにする夜盗の一団から、最近になって薩摩訛りの男が天辰寺《てんしんじ》跡に隠れているという報告があった——云々《うんぬん》。

五山の送り火で名の知られた如意ヶ嶽山麓《さんろく》付近には、公家《くげ》の別邸となる山荘が多く建っていた。市内から程よく離れ、奉行所や新撰組などの目からも逃れられるそれらの山荘は、勤皇《きんのう》諸藩と繋がりを持ちたい反徳川の公家たちによって謀議の場として提供されているのが常だった。そのため、最近の鹿ヶ谷には目付きの悪い侍が多く彷徨《うろつ》いており、薪の切り出しに訪れた樵《しょう》夫《ふ》が、幕府の密偵と間違われて斬殺される事件すら起こっている。

また、維持管理が出来ずに棄てられた山荘は、今や殆《ほとん》どが野盗の巣窟になっているというのが専《もっぱ》らの噂だった。大曾根が手駒とする夜盗の一味も、恐らくはそんな連中なのだろう。

大曾根からの文を読んでいた師光は、外が随分と騒がしいことに気が付いた。用人たちが何やら騒いでいる。

一人を捕まえて訳を問うと、直《す》ぐ近くの葵橋《あおいばし》に首が晒《さら》されていたのだという。しかもその首が薩摩藩士のものだったとかで、奉行所だけでなく薩摩藩までも現場に出向き辺りは騒然としているのだそうだ。

　薩摩藩士の生首という言葉は、鐘のように響いた。床の間の大小を手挟んで、師光は直ぐに葵橋へ向かった。

　薩摩の十字紋や奉行所の提灯《ちょうちん》に照らされ、辺りは昼のような明るさだった。

　怒声が飛び交う人の輪に知った顔を捜したが、混迷としてなかなか見つからない。師光は諦め、物見に来た町衆を追い払っている同心の手先らしい男に尋ねてみた。

「首だったらもうないよ。薩摩っぽが持ってっちまったからな」

　男は迷惑そうな顔をしたが、師光が素性を名乗ると渋々ながらも応じてくれた。

「その首が誰かちゅうことは云っとらんかったか」

「鉈落左団次つう侍だとさ、アンタは知り合いかい？」

「……まァ、一応な」

　いいやと答えかけて、師光は思い直した。親しいかどうかは別にして、知り合いであることに違いはないからだ。

　師光は、藩邸に戻り大曾根からの一報を龍馬に報せるべく文を書いた。そして朝一番で明保野亭に使いを走らせ、自身も鹿ヶ谷へ向かった。未《ま》だ大曾根の云う「薩摩訛りの男」が菊水だと決まった訳ではないが、怪しいことに間違いはなかった。

　師光は一歩一歩を踏み締めるようにして、ゆっくりと歩を進めていた。

昨夜までの雨で泥濘《ぬかる》んだ坂道は凸凹《でこぼこ》として、見た目以上の悪路だった。急な勾配《こうばい》でこそないものの、気を抜けば剝き出した石に躓《つまず》きそうになる。踏み出す足にも、自《おの》ずと力が入った。暫《しば》く進んだところで足を止め、後ろを振り返る。一町も歩いていないと思ったが、先ほどの霊鑑寺の角は随分と下に見えた。

師光は息を吐き、改めて周囲を見廻した。

坂は既に山道に入りつつあって、右手には鬱蒼《うっそう》とした林が、左には一部の崩れ落ちた土塀が延々と続いていた。塀の向こうからは、頭《こうべ》を垂れた褐色の呉竹《くれたけ》や、茶色く枯れ果てた松の枝などが顔を覗《のぞ》かせている。

荒廃した景色を眺めながら、師光は額の汗を拭《ぬぐ》った。

――天辰寺は、未だ先か。

目指す天辰寺について、師光の持ち合わせた知識はそれほど多くない。如意ヶ嶽の中腹に建つ浄土宗の寺で、既に人の居ない廃寺だということだけだ。

師光は再び歩き始めた。奥へ進むに従って、土と草の匂いは益々《ますます》濃くなっていく。

土塀も遂に途切れ、完全な山道となった。

葉末の合間から空を仰ぐと、陽射しも段々《だんだん》と強くなってきていた。炎天下での仕事になるのは間違いなさそうだ。蟬の声も、今では耳を劈《つんざ》かんばかりになっていた。

行く手を阻む藪椿《やぶつばき》の葉を除けると、道が左右二つに分かれていた。師光は草に埋もれかけた左の道を選んだ。

冷たい草の露で袴《はかま》の裾がすっかり濡れた頃、樹々の合間から葛《くず》の絡みついた小振りな楼門が見え始めた。

歪んだ門を潜《くぐ》り暫く進むと、急に視界が開けた。

直立する杉に囲まれた、広い空き地のような場所だった。

真正面には、本堂と思われる堂舎が建っていた。黒々と濡れ朽ちたその外見に、師光は蹲《うずくま》る老牛を思い起こした。

本堂の脇には、基壇と黒ずんだ柱が一本だけ残されていた。庫裏《くり》や東司《とうす》の名残《なごり》かも知れない。少し離れた場所には、簡素な鐘楼が建っていた。しかし、あるべき鐘の姿はどこにも見当たらなかった。

本堂に歩み寄り、その全景を見上げる。

外壁こそ黒ずんでいるものの、屋内の柱や梁《はり》などは赤茶けており、丹色《にいろ》に輝いていた頃の面影が感じられた。正面に掛けられた扁額には「西光院《さいこういん》」と彫られていた。

笠を外し一礼してから浜縁に上がる。土埃に塗《まみ》れた賽銭箱を廻り、師光は格子戸に近付いた。崩れ落ちた屋根の一部から陽が差し込み、そこからならば内陣外陣も様子が覗《うかが》えた。顔を近付けると、黴《かび》と濡れた木の臭いが師光の鼻を衝《つ》いた。

薄い蜘蛛《くも》の巣越しに覗き見た板張りの間は、外観同様にすっかり荒れ果てていた。仏具は外陣にまで乱雑に散らばり、在るべき本尊の姿も正面の須弥壇《しゅみだん》には見当たらなかった。

師光の目が内陣の隅で止まった。経机の上に、大口の貧乏徳利《とっくり》と数枚の竹皮が置かれている。

荒廃した場景のなかで、その二つだけが妙に新しかった。

格子戸に手を掛け、音を立てぬように開く。

仏具の類《たぐ》いを蹴らないように内陣の隅へ行き、例の二つを検《あらた》めた。

徳利を振ると、耳元で微《かす》かな水音がした。未だ幾らかは残っているようだ。口縁に鼻を近付けるが、酒精の臭いはしない。ただの水のようだ。

続けて竹皮に目を遣る。全部で五枚あり、そのいずれにもすっかり硬くなった飯粒や擦《こす》り付けたような海苔《のり》が残っていた。

何者かが身を潜《ひそ》めていた痕跡に違いなかった。外陣内陣に目を配れば、薄く積もった埃の上には、師光の物以外に幾つもの雪駄《せった》の跡が残されていた。

軽く手を払い、師光は外へ出る。舞い上がる埃の粒が、陽の帯のなかで煌《きら》めいた。

師光は段木を下りながら菅笠を被り直した。夏の陽は、既に南の空高くまで上がっていた。

容赦なく降り注ぐ天日に炙《あぶ》られて、辺りには乾きかけた土の臭いが漂っていた。目に滲《し》みる緑のなか、蜘蛛の脚のような花弁を広げた小鬼百合が、陽に研《と》がれるようにして首を振っていた。

庫裏の残骸を確認してみるが、特に気になるものはない。

腰丈ほどに生い茂った草を踏み分けて、師光は鐘楼に足を向けた。何匹かの飛蝗《ばった》が驚いたように羽を広げ、方々に飛んでいった。

高さ八尺五寸程度のこぢんまりとした鐘楼だった。

周囲の叢《くさむら》には、屋根から滑り落ちた瓦が五枚ほど埋もれていた。土台からも細い草が伸びており、四隅の柱もすっかり黒ずんでいる。見上げる梁に金具は残っているが、肝心の鐘は周囲の叢を見廻しても矢張《やは》り見当たらなかった。

梁から土台に目線を落とした際、師光は左奥に妙な黒ずみを見つけた。

近寄ってその場で膝を折る。その一箇所だけ土の床が黒ずんでいた。人差し指で撫でてみると、指の先には黒い煤《すす》が付いた。

——何かを燃やした跡か？

立ち上がろうとした刹那《せつな》、師光は背後に気配を感じた。

「動くな」

柄《つか》に手を掛け、咄嗟《とっさ》に振り向いた師光はそのままの姿で硬直する。

喉元に、鈍《にぶ》く光る真一文字の抜き身が迫っていた。

「生憎《あいにく》だったな、貴様らの捜し物はもう焼いたよ」

目の前には、薄汚れた袴姿の男が立っていた。周囲の草陰に身を隠していたのだろうか。髭を伸ばしたその左頬には、古い刀傷があった。その面影は、記憶の彼方にあった或る男の顔と一致した。

男は刀を横に構え、その刀身は師光の顎近くに据えられている。男が少しでも手を動かせば、その瞬間に師光の喉に血の華が咲いていることだろう。

「妙な真似をしたら斬る」

薩摩の訛りがはっきりと分かる声で、男は云った。

「怪しいもんじゃない。刀を下げてくれ」

柄に手を掛けた姿勢のまま、師光は低い声で返した。

男からの反応はない。唇を結んだまま、師光を睨み付けている。

音が屋根に反響するのか、師光の耳には蟬時雨が幾重にも重なって聞こえた。

額から滲《にじ》み出た汗が、師光の右眉に流れ落ちた。

「こんな処《ところ》で何をしていた」

「人捜しだ。長州藩士の小此木鶴羽が斬られた件で、薩摩藩士の菊水簾吾郎を捜しとる」

男の顔が更に険《けわ》しくなった。その機を逃さずに、師光は畳《たた》み掛ける。

「あんたが菊水だな」

男は鋭い目付きのまま、そうだと低い声で答えた。

「先《ま》ずは刀を収めてくれんか。おれはあんたを捜しに来ただけだ。遣り合いたい訳じゃアない」

口調を和らげて、師光はゆっくりと柄から手を離した。

しかし、菊水は依然として刀を構えたまま睨みを利かせている。

「……貴様が村岡《むらおか》伊助《いすけ》か」

「なに？」

師光は思わず問い返した。

知らない名前ではなかった。しかし、何故《なぜ》その名が出てきたのか。意図を摑みかね、師光は困惑した。

「違うのか」

「おれは尾張藩公用人の鹿野師光ちゅうもんだが」

「尾張？　どうして御三家がこの件に絡んでくるんだ」

「どうしてって、そりゃまァ色々と事情があって――」

どこから説明すべきかと師光が答え倦《あぐ》ねていたその時、菊水が弾《はじ》かれたように顔を上げた。

「いかん！」

菊水が大きく足を上げ、雪駄《せった》の底で思い切り師光の肩口を蹴った。

「何を――!?」

後ろ向きに蹴り飛ばされ、天地が逆さになる。蹴られた肩口と床にぶつかった背中に、鈍い痛みが走った。

怒りを覚える以前に理解が追いつかない。とにかく立たなくてはと師光が手を突いた途端、耳元で轟音《ごうおん》が炸裂した。

一瞬の出来事だった。

耳の破れるような爆音が響いた次の瞬間、視界の端で菊水が身を捩《よじ》るようにして倒れた。そしてほぼ同時に、菊水の後ろにある柱の縁が音を立てて弾け飛んだ。

銃撃だと頭で理解した時、師光は床を転がるようにして柱の陰に身を隠していた。

素早く立ち上がり、腰の太刀《たち》を抜く。抜き身を提げたままの姿勢で柱に背を預け、音のした方に視線を飛ばした。

乱立する木々の合間に人影はなかった。逃げたのか、それとも未だあのいずれかに隠れているのか。

「何者だ」

師光の怒声に呼応するかのように、蟬の声が一際大きくなる。それでも緑の場景に動きはなかった。

右隣の柱では、師光と同じように背を預けた姿勢で、菊水が柱の陰に隠れていた。

「おい、大丈夫か」

「問題ない、少し掠《かす》っただけだ」

菊水は右手を庇《かば》いながら、荒い息を吐いている。

「それより、俺が蹴らなかったら貴様こそ撃ち抜かれていたぞ」

「そうだな。助かった、礼を云う」

「これは貴様の連れの仕業じゃないのか」

「莫迦《ばか》云え。おれは独りでここまで来たんだ」

視界の端で、菊水の顔が師光を向いた。横目で見ると、意外そうな顔をしていた。

「何だその顔は」

「いや——そうか」

菊水は大きく息を吐き、柱にもたれかかった。

「済まなかった。どうやら誤解していたようだ」

師光がその真意を質そうとした刹那、二発目の銃声が炸裂した。

菊水の柱を狙ったのだろう。師光の目の前で轟音と共に柱の一部が弾け、木屑が飛び散った。背筋が冷たくなった。後ろから撃たれていたかも知れないという恐怖を、師光は今更ながら感じていた。

その時だった。

師光の脳裏に、不意に鉈落の屍体にあった背中の疵《きず》が思い浮かんだ。そしてその前を、或る一つの考えが矢のように飛び抜けていった。

——そういうことか。

師光は低い声で菊水に呼び掛けた。背後を覗ったまま、なんだと菊水は答える。

「昨日、鉈落左団次が村雲稲荷で殺された」

「何だと」

菊水が顔を向けた。

「本当か、なんで鉈落の兄《あに》さんが」

「間違いない。屍体は首を斬られて、葵橋に晒された。一応訊いとくぞ。奴からは逆恨みされて色々と嫌がらせをされとったらしいが、殺したのはあんたじゃアないよな」

「当たり前だ。どうして俺が鉈落の兄さんを」

「分かっとる。若《も》しあんたが下手人なら、ああやって殺せた筈がないんだ」

「おい、それはどういう意味だ、説明しろ」

「説明してやりたいし、おれもあんたに訊きたいことは山ほどある。だが今はそれどころじゃない。先ずはここからどうやって逃げ出すかだ」

菊水は肩越しに木立を見遣った。

「……それは確かにそうだが、策でもあるのか」

「一人が撃たれて、その隙にもう一人が斬り掛かる」

「おい」

「冗談だよ」

菊水は唖然とした顔になり、やがて呆れたように小さく笑った。

「なあ、一つだけ教えてくれ」

一瞬の間があって、菊水が口を開いた。静かな声だった。

「鶴羽は死んだのか」

一瞬、誰のことか分からなかった。死んだのかという問い掛けから、師光はそれが小此木の名であることを思い出した。

こちらに向けられているのは、意志の強さが表われた、それでいてどこか哀しげな眼差《まなざ》しだった。

「いや、三柳が面倒を看《み》とる」

師光は思わずそう口走っていた。

「新発田の三柳北枝か。そうか、それなら良かった」

菊水は再び木立の方に視線を移す。その横顔には、微かな笑みが確かに浮かんでいた。

「あんた一体――」

視界の端で、再び黒い物が動いた。

師光の頭がそれを人の形と認めた時、既に菊水は動いていた。

「この隙に逃げろよ」

そう師光に告げて素早く柱から身を離すと、勢いをつけ、肩から柱に打ち当たっていった。

風雨に晒され続け、芯まで腐っていたのだろう。黒い柱はその一発でくの字に曲がった。

四隅を支える一本が歪み、重量の均衡を失った屋根は、軋《きし》んだ音を立てながら崩れ始めた。

師光は咄嗟に叢へ飛び込む。

何者かに向けた菊水の怒声が聞こえるのとほぼ同時に、大きな音を立てて土台の上に屋根が落ちた。

舞い上がる木屑や土埃を震わせて、三度目の銃声が響き渡る。

咄嗟に顔を向けると、飛散する粉塵の向こうには、こちらに向いた何者かの影があった。

――男だ。

頭がそう判断すると同時に、師光は草の上を転がっていた。青草と土の臭いを全身に浴びながら、闖入者《ちんにゅうしゃ》に背を向けて師光は強く地を蹴る。今は逃げるしかない。

無我夢中で足を動かす師光の耳を、四度目の銃声が劈いた。

転びそうになったものの、痛みや衝撃はなかった。弾が当たった訳ではなさそうだ。

菊水の安否が脳裏を過ぎったが、足を止める訳にはいかなかった。日陰の柔らかい土に何度も足を取られそうになりながら、師光は抜き身を提げたまま、木立の間の九十九折《つづらお》りの道を駆け続けた。

第八章　六条数珠屋町《ろくじょうじゅずやまち》の血戦

遠く聞こえる蟬の声が、座敷の静寂を際立たせていた。

西郷も龍馬も腕を組んだまま険《けわ》しい顔で押し黙っている。師光は湯呑みの緑茶で喉を潤《うるお》すと、昨日の一件の締め括《くく》りに入った。

「おれはそのまま山を下り、藩邸に戻ってからあんた方に文を書きました。ほんで、今日になってから坂本さんにはこの薩摩藩邸まで来てまったちゅう訳です」

「そりゃ別に構わんのだが。しかしまあ何と云うか、災難だったな」

龍馬は鯱《しゃちほこば》張った顔で頷いた。

「それで、簾吾郎はどうなりました」

「分かりません。鐘楼が崩れた後、おれとは反対の方向に逃げていったような気がするんですが」

西郷が座敷の隅に控える半次郎に目を向ける。半次郎は黙って頷くと、足早に退出した。恐らく、今から人を連れて鹿ヶ谷に向かうのだろう。

「ところで、鹿野さんは簾吾郎と何か言葉を交わしましたか」

「ええ、少しだけなら」

「何か云っておりましたか」

「何かちゅうと？」

「小此木さんのことです。自分が斬ったと云ったのですか」

「いやァそれなんですがね」

師光は畳《たたみ》の上に目線を落とした。脳裏に浮かんだのは、小此木が生きていると知った時の菊水の顔だった。

何故《なぜ》菊水はあんな顔をしたのか。

只《ただ》の喧嘩沙汰や、龍馬に話した菊水間者《かんじゃ》説では上手い説明が見つからない。残るのは、長州の手の者が小此木を斬ったという考えだが、若《も》しそうだとすると、今度は菊水が逃亡を続ける理由、そして小此木がどうして菊水の名を呟いたのかが分からなくなる。

それら全てを鑑《かんが》みて、二人にその事実を告げるべきか否か。

刹那《せつな》の裡《うち》にそこまで考えを巡らせた師光は、西郷の顔を見据え、きっぱりとこう云い切った。

「何も聞いちゃアおりません。そもそも、そこまで話が至らんかったんです。お互いの素性を明かしたところで、ずどんですからね」

「左様《さよう》ですか」

西郷は重々しく頷いた。満足しているのかそれとも不満なのか、どちらとも取れる顔だった。

居心地の悪い沈黙が、一瞬の内に座敷に充満した。

「ああそういえば、西郷さん」

縁を摘まむようにして湯呑みを持ちながら、龍馬は思い出したように云った。

「ちょっと小耳に挟んだんだが、一昨日、薩摩の者が下鴨《しもがも》で首を晒《さら》されたんだってね」

師光も西郷を見た。西郷は眉間《みけん》に皺《しわ》を刻み、口を大きくへの字に曲げている。

「……よくご存じで」

「聞くところによると斬奸状《ざんかんじょう》も添えられてなかったそうだが、薩摩藩士が襲われることはあっても、首まで晒されるなんて滅多にないことじゃないか。どうだい、あんたの目から見て、この一件とは何か関係がありそうなのか」

「いや、何も関係はありません」

西郷はきっぱりと云い切った。

「そうは云うがね、首が晒されるってのは穏やかじゃない。それに若し天誅《てんちゅう》気取りだったとしたら、今度は斬奸状がないのが引っ掛かるだろう？　どうもきな臭いとは思わんかね」

「お恥ずかしい話ですが左団次は——ああ、殺されたのは鉈落左団次という男なんですが——他藩の者を相手に金貸しのようなことをしておりましてな。それが元で揉めごとになったことも少なくはないのです。私は何度も止せと云ったのですが、今回の一件は度が過ぎたんでしょう」

「金貸しねえ」

龍馬は一気に茶を飲み干し、湯呑みを置いた。

「ほんなら、今は菊水とその鉈落って男の間に接点は何もないんですね」

「その通りです」

割り込んだ師光を一瞥し、西郷は短くそう答えた。


大小の二本を手挟んで、師光は龍馬と共に裏口から路地に出た。

相変わらず、息も詰まりそうな炎暑だった。仰《あお》ぎ見た空には雲一つなく、西に傾き始めた白い陽射しも目に痛いほどだ。白く乾いた通りに照り返す陽は容赦なく、鍋の底で煎《い》られているような気持ちだった。

「鉈落のことは一旦忘れよう」

首を鳴らしながら龍馬が云った。師光にも異存はなかった。

「俺はこれから三柳を訪ねようと思うが、鹿野さんも来るかい。ほら、例の小此木を移す件だ」

「いや、実はこれからちっと東寺《とうじ》まで行かにゃならんので、今日は遠慮しときます」

東寺と龍馬は目を丸くする。

「そりゃまた随分と遠くまで行くね。何かあったのかい」

「野暮用がありまして。ほんでも、途中までは一緒に行きましょう」

笠の紐を顎下で結び直し、師光たちは西へ足を向けた。

「それにしても、小此木を斬ったからって何で菊水が狙われなきゃならないんだろうな」

新町《しんまち》の辻を過ぎた辺りで、龍馬が不意に口を開いた。

「最初は、身内の不始末にさっさとけりをつけたい薩摩がやったのかと思ったんだが、よく考えたら、鹿ヶ谷の山奥みたいな人目に付かない場所で殺しても仕方がないよな」

「ほうですね。長州に示しをつけるためなら、皆の見とる前で菊水に腹を切らせんことにゃア意味がない。まァ、見えない所で菊水を葬って有耶無耶《うやむや》のまま終わらせるつもりだったのかも知れませんが」

「でも、矢っ張《やっぱ》り菊水は未《ま》だ京から出てなかったな。これではっきりした。前に鹿野さんが云った菊水が徳川の間者だったって説はなしだ」

「それなんですがね、ちっと分からんことになっとりまして」

　龍馬の横顔に目を留めたまま、師光は声を潜《ひそ》めた。

「鹿ヶ谷で出会《でくわ》した時、菊水は初めおれのことを別の男と勘違いしたんです。坂本さん、あんたは村岡伊助ちゅう男を知っとりますか」

「いや、聞いたことのない名前だ」

「京じゃア悪い意味で名の売れとる男です。元長州藩士で、いまは奉行所の密偵をしとるんですがね」

　密偵と龍馬は怪訝《けげん》そうな声を上げる。

「何だいそりゃあ。どうして長州の男が徳川の密偵になるんだ」

「長州が過激派と保守派の二つに割れとったことはあんたも知っとりますね？　村岡はその内の保守派の方に属しとって、元々は過激論に傾きがちな在京の長州藩士を諌《いさ》めるために派遣された男なんです。ほんでも、結局のところ説得は失敗し、長州は例の戦《いくさ》を起こします。村岡からしたら当然不本意な結末ですから急ぎ国元に戻ろうとしたんですが、その頃の京は長州藩士ちゅうだけでお縄だった。道中で薩摩の兵に囚われた村岡は幕府の本陣に引き出され――まァそこからが問題なんですが――過激派が保守派を追放して藩論を握っとるちゅう長州の内情を洗い浚《ざら》い話してまったんですよ」

「その村岡って奴からしたら、今回の戦は過激派の莫迦《ばか》共が勝手に引き起こしたことで長州の本意じゃないって訳か。まあ御家を護るためとは云え、国を売ったことには変わりないな」

「幕府が長州征討を決めたのはその直《す》ぐ後でした。村岡の自白が、幕府にとって征討の決め手の一つになったことは間違いありません。ほんで、帰るべき場所を失った村岡は、生き残るために徳川の密偵として今も暗躍しとるちゅう訳です」

龍馬は下駄の先でこつんと石を蹴り、莫迦な話だと呟いた。

「待てよ。そんな男の名前が出たってことは、つまり菊水は、同じ徳川の密偵として村岡に接触していたってことになりゃしないか。小此木を斬ったのは、その事実に勘付かれたからで」

「違います」

師光は言下に否定した。

「よく考えて下さい。若し見知った仲だったら、おれと村岡を間違える筈《はず》がないじゃァありませんか」

ああそうかと龍馬は安堵した顔で頷いた。

「よかった、若しそうだったら最悪だよ。桂さんに合わせる顔がない」

足下に軋《きし》んだ音を聞きながら、小川通の小橋を渡る。昨日今日と続く猛暑のせいで、川の水もだいぶ減っていた。

「でもそうなると、どこで菊水は村岡の名を知ったんだろうな」

「あの場で村岡の名が出たのは、菊水が、自分は村岡伊助に追われとるんだと思っとったからこそです」

「鹿野さんたちを撃ち殺そうとしたのも、村岡を含む一味なのかな」

「かも知れませんね」

師光は通りの向かいに目を遣った。揺れる陽炎《かげろう》の向こうには村雲稲荷の大鳥居が聳《そび》えていた。


新発田藩邸前で龍馬と別れた師光は、そのまま東堀川通を南下した。九条《くじょう》の東寺までは、歩いて一刻《いっとき》（二時間）の道のりだった。陽も翳《かげ》り始めてはいるが、背中や襟元は既に汗浸しだった。

東寺に出向くのは、村岡を問い糺《ただ》すためである。

村岡伊助は東寺南大門《なんだいもん》の斜向《はすむ》かいの長屋で代書屋を構えていると、師光は昨夜の内に大曾根を通して摑んでいた。

国を売り、幕府の密偵として生きる道を選んだ村岡伊助は、虚無僧《こむそう》から薬売り、果ては蕎麦《そば》の屋台引きまで、その時々で顔を替えて活動していた。

洛中洛外を行脚《あんぎや》修行、若しくは商売で廻りながら耳を側《そばだ》て、聞きつけた反徳川勢の動向を奉行所に逐一報告しているのだと、大曾根からの折鶴には認《したた》められていた。

風塵《ふうじん》の舞う大宮通《おおみやどおり》に人影はない。

広壮な東寺の南大門を尻目に、師光は「六兵衛《ろくべえ》長屋《ながや》」と掲げられた路地に足を踏み入れた。

迫る軒に陽が遮《さえぎ》られ、周囲がひんやりと暗くなる。

静かだった。住民は皆働きに出ているのだろうか。左脇の芥溜《ごみため》に集《たか》る蠅の羽音だけが師光の耳朶《じだ》を打っていた。

古びた裏長屋の前に立つ。引戸の脇には、「ふで」とだけ書かれた小さな板切れが立て掛けてあった。

腰高障子の向こうからは、何の物音も聞こえない。

「御免よ」

笠を取り、師光は戸を引いた。

九尺二間の狭い住居である。蠅帳《はいちょう》や箪笥《たんす》、枕屏風《びょうぶ》など数える程しか家具も見当たらない。

黄ばんだ畳の上では、痩せた男が文机《ふづくえ》に向かって筆を走らせていた。

師光は笠を置き、鞘《さや》ごと太刀《たち》を抜いて上り框《かまち》に腰を下ろした。

男は一度も顔を上げようとはしない。ただ黙々と何かを書き続けている。

「村岡伊助で相違ないな」

男が初めて顔を上げた。

歳の程は師光とそう変わらない筈だが、目尻や口元の皺のせいで酷く老けて見える。浅黒く陽に焼け、総じて草臥《くたび》れたような顔つきだった。

筆先を硯《すずり》に休め、どなたですかと村岡伊助は素っ気なく云った。

「尾張藩公用人の鹿野師光、昨日お前さんらに撃ち殺されかけた男だ」

鞘口辺りを摑んだまま、師光は云った。

村岡は昏《くら》い一瞥《いちべつ》だけ寄越すと、再び顔を伏せて筆を動かし始めた。

「強請《ゆす》りなら余所《よそ》でやってくれませんか。私は忙しいのです」

村岡が最後まで云い切るのとほぼ同じく、師光は太刀の鞘を払った。

腰を下ろしたまま、村岡の鼻先に切っ先を突き付ける。

「御託はいいんだよ」

村岡は溜息《つ》を吐きながら筆を置き、酷く醒《さ》めた目で師光を真正面から見た。白刃を前に、顔色一つ変わっていない。

「尾張の鹿野殿、でしたか」

「如何《いか》にも」

「今、撃ち殺されかけた、と仰《おつしや》いましたね」

「ああ」

村岡は眉根を寄せた。嫌悪を滲《にじ》ませたその顔は、師光に今若の面を思い出させた。

「繰り返しますが、あなたは何か勘違いをしておいでだ。云っている言葉の意味が私にはまるで分からない」

「ほんなら、お前は昨日何処《どこ》で何をしとった」

師光は更に刀身を突き出す。村岡は不快そうな顔で少しだけ身を引いた。

「何であなたに云わなければならないのかとも思いますが、云わなければこの物騒な物を退けてはくれないのでしょうね。いいですよ、昨日は本業の方で忙しく、明け六つ半（午前七時）から西本願寺《にしほんがんじ》におりました」

「寺参りか、信心深いな」

村岡はにこりともしない。

「冗談だよ。ほうか、新撰組だな」

師光はゆっくりと腕を戻し、刀身を鞘に収めた。

新撰組は、その屯所を壬生《みぶ》から西本願寺の北集会所に移していた。理由は隊士が増え手狭になったからだとも、西本願寺が攘夷《じょうい》派に手を貸しているからだとも云われているが、恐らくはその両方なのだろう。

「副長の土方相手に聞き知ったことを報告したりなどして、門を出たのは結局暮れ六つ半（午後七時）頃でしたか。だから、どこの話か知りませんが、あなたを襲う暇なんてありません」

「おれは昨日、或る男を捜して鹿ケ谷の天辰寺跡を訪ねた。ほんで、漸《よう》く見つけたと思ったら木陰から撃たれた。その時に男が口走ったのは、お前の名前だった」

「誰です、その迷惑な輩《やから》は」

「菊水簾吾郎ちゅう男だ」

「薩摩で他藩との折衝《せっしょう》役を任されている男でしたか」

「そうだ。お前も知っとるんだな」

「名前だけです。言葉を交わしたことはありませんし、どんな男なのかも知らない。まあ、どうせ信じては下さらないのでしょうがね。どうして私の名が出たのか、菊水には訊いたのですか」

「銃撃のせいで離ればなれだ。それ以降の足取りも知れん」

村岡は鼻で笑った。

「それはご愁傷様でした」

「菊水は確かにお前の名を云った。面識もないのに可怪《おか》しいじゃないか」

「知りませんよそんなこと。知らないことは答えようがない、違いますか？ それに、そもそも私が彼を知っていようといまいと、昨日は朝方から夜まで西本願寺の境内《けいだい》にいたのです。私にあなたと菊水を襲うことは無理だ。疑うのなら、帰り道にでも屯所に寄って、新撰組の連中に訊いてみたら如何《いかが》です」

これで終《しま》いだという調子で言葉を切ると、村岡は再び筆を取った。

暫《しばら》く様子を眺めていたが、これ以上は何も得られそうになかった。

師光は刀を摑んで立ち上がった。

「もう一つ訊きたいことがある」

太刀を腰に差し直しながら、師光は胸中に湧いた疑念を口にした。

「先の長州攻めで、過激な勤皇《きんのう》派連中は軒並み長州から駆逐された筈だ。どうしてお前は、その時機に国元へ帰らなかった」

村岡は何も答えない。ただ黙って筆を動かしている。

師光もそれ以上は言葉を重ねず、笠を手に背を向けた。

「どうでもいいんですよ」

敷居を跨《また》いで路地に出た時、背後で不意に声が上がった。

振り返ると、村岡が筆を握ったまままこちらを見詰めていた。

「誰が死に、誰が生き残ろうが、もうどうでもいいんですよ」

薄暗い座敷のなかで、光の加減か、村岡の顔だけが妙に蒼白く浮かんで見えた。

師光は黙って戸を閉めた。


いつの間にか、蟬の声が蜩《ひぐらし》に変わっていた。

涼しげな響きに連られて笠の縁を上げると、空を覆う薄い雲は一面が朱色に染まっていた。

日暮れが近い。

六兵衛長屋を出たのち、考えを纏《まと》めるために特に当てもなく歩き廻っていた師光だった。

村岡が嘘を吐いている可能性は勿論あるだろう。しかし、若しそうでなかった場合、菊水はどうして村岡の名を挙げたのか。

満身を濡らす汗もそのままに歩き続けたが、どれだけ頭を捻《ひね》っても、その二人を結び付ける糸が見つからない。

気が付けば師光は、焼け跡の多い八条《はちじょう》の屋敷町を抜け、西洞院《にしのとういん》川に掛かる七条小橋《しちじょうこばし》の袂《たもと》に立っていた。

辺りには味噌汁の匂いが仄《ほの》かに漂っている。

一息吐くと、それを契機にぐんと身体が重たくなった。殊《こと》に足は棒のようだ。

再び足を動かそうとした矢先、師光はそのままの姿勢で固まった——誰かに見られている。

首を動かし、左右の背後を確認した。

町屋の陰には、黙然と立つ人影があった。

——新撰組じゃアないな。

密偵の類《たぐ》いならばもっと上手く身を隠すだろう。件《くだん》の人物からは隠れようという気配はまるで読み取れず、むしろ師光に見つけられることを望んでいるようだ。

——いつから尾けられとったか。

村岡の長屋を出てから暫くはそんな気配も感じなかった。しかしそれ以降、思案に耽《ふけ》っている最中となると自信がない。

師光は顎を引き、何気ない態《てい》で一歩を踏み出した刹那、師光の背後で人の動く気配がした。

それも独りではなく、複数人の動く気配だった。

鞘口を摑んで振り返る。

先ほどの男だけでなく、他の物陰からも併せて三名の男がこちらを向いていた。

皺の寄った袴《はかま》姿であって、皆、黒の頭巾で顔を隠している。

「そんなもん被っとって、暑かァないのか」

声を掛けてみるが、何も返答はない。

「人違いなら笑って済ますが、尾張の鹿野師光だと知っとるんなら、おれもこいつで挨拶せにゃならん」

柄《つか》を叩いて様子を覗《うかが》うと、三人が一斉に抜刀した。どうやらそれが答えのようだ。

鹿ケ谷で狙ってきた奴と同類だろうか。しかし今はそんなことを考えている場合ではない。

師光は地を蹴って後ろに飛んだ。意表を衝《つ》かれたのか、相手の動きが一瞬止まる。

腕を伸ばして、町屋の壁に立て掛けてあった竿竹を摑み取る。そして、直ぐに背を向けて駆け出した。

後ろから慌ただしい足音が追い掛けてくる。

幾つ目かの辻を過ぎた辺りで師光は足を止め、振り向き様に駆けてくる男の腹部を狙って竿を突き出した。

駆けつける勢いそのままに腹を突かれた男は、呻《うめ》き声を上げて前屈みになる。

師光は竿を引くと、素早く男の後頭部に振り下ろした。鈍《にぶ》い音と共に、男はそのまま地に伏した。

残る二人が、倒れた男の向こうで青眼《せいがん》に構える。

師光は左右に目を動かした。

右には小堀のような西洞院の小川が流れ、左には古びた町屋が建ち並んでいる。竿を振り回すには十分な広さだが、果たして戦うのが得策か、それとも逃げるべきか。

相手に向けて竿を構えたまま、師光は摺《す》り足で後退した。それに呼応するように、男たちもゆっくりと迫ってくる。

師光は息を溜めると、相手に竿を投げ付けてから身体を半回転させ、小川に向けて駆け出した。

勢いを保ったまま堀の端に足を掛け、高く跳ねて小川を飛び越す。

大きく蹌踉《よろ》けながらも対岸に足を着いた師光が振り返ると、向こう岸では男たちが戸惑ったような所作でこちらを向いていた。

師光はそのまま最寄りの路地に身を滑り込ませた。襲撃者の正体は分からないが、何とか逃げ果《おお》せることは出来たようだ。

夕空の朱色は濃くなっている。念のために暗くなるまで身を隠した方がいいかも知れない。

軒を連ねる裏長屋の前を、師光は早足に進んだ。赤い腰巻きを蹴出《けだ》しから覗《のぞ》かせた年増女たちが、井戸端から不審そうな目線を寄越していた。

路地を抜け、少し広くなった通りを駆ける。

夕餉《ゆうげ》の匂いが濃くなった。諸肌《もろはだ》を脱いで家の縁台で涼んでいた男が、驚いたように身を引いた。往来で遊んでいた半裸の子どもたちも、師光の勢いに驚いて飛び退《の》く。

二つ目の辻で西に折れる。細長い通りの向こうに、西本願寺の御堂が姿を現わした。

少し歩調を緩《ゆる》めて次の辻を駆け抜けようとした矢先、深編笠を目深に被った男が急に角から現われた。

腰に大小を差した袴姿であって、笠のせいで顔は見えない。男は身を屈め、腰の柄に手を掛けている。

師光は慌てて右に避け――後ろに飛んだ。

鼻の先を、銀の閃光を残して切っ先が通り過ぎる。抜き打ちの一撃だった。

師光も鯉口《こいぐち》を切った。

笠は弾《はじ》け飛びもせず、その縁は額の近くまで斬り裂かれていた。乱れのない切り口が、初太《しょだ》刀《ち》の素早さを物語っていた。

音もなく納刀する深編笠の背後から、黒覆面の二人が姿を現わした。袴の色が違うので、先ほどの連中とは別人だろう。

「一人相手に、随分と臆病じゃアないか」

師光の揶揄《やゆ》も気に掛けず、深編笠は大伽藍《だいがらん》に隠れようとする夕陽を背に、柄に手を当てたまま腰を落とした。

薩摩兵法薬丸自顕流の、抜きの構えだった。

師光は小さく唸った。今し方の剣捌《さば》きから鑑みても、自顕流でこれほどの遣い手といえば一人しか思い浮かばない。

「よく避けたな」

案の定、深編笠の下から響いたのは、聞き覚えのある若い声だった。

背後から再び足音が聞こえた。盗み見た先には、刀を下げこちらに駆けてくる先ほどの黒覆面の姿があった。それを契機として、深編笠の背後に控えていた黒覆面たちも、左右に分かれて師光を取り囲んだ。

──まずいな。

尾張藩公用人として幾度も白刃を搔い潜《くぐ》ってきた師光は、斬り合いの常道というものを知っている。

一人対多数の打ち合いは、どれほどの達人であろうと、長引くだけ一人にとっては不利となる。早々に逃げてしまうのが一番の得策だが、今の師光は既に四方を封じられていた。

──一人でも斬って逃げるか、いや無理だ。

深編笠と比べればまだ黒覆面の方が相手をし易い筈だ。しかし背を向けたが最後、次の瞬間には神速の抜刀術が師光の胴を断っていることだろう。

ならば避けるか──しかしこれも難しい。

先ほどの一撃を避けられたことは奇跡に等しかった。正面の抜刀にのみ気を張れば、何とかもう一度だけは避けることが出来るかも知れない。しかし、左右と後ろのいずれに飛び退いたとしても、今度はそこに黒覆面の刃が待っている。深編笠の太刀を避けることに全力を注いだ後では、降り懸かる二の太刀にまで気が回るかどうかは師光にも自信がなかった。

そうなると、最早《もはや》真正面から受けるしか道はない。だが鎧兜諸共《よろいかぶともろとも》敵を両断するのが薬丸自顕流であり、一撃の重さは師光もよく理解している。真正面から受ければ、受けた刀ごと頭を割られるのが関の山だ。

何とかして太刀筋を乱すことが出来れば横に弾けるかも知れないが、これほどの遣い手の意表を衝くことは決して容易ではない――首筋の汗が背中に流れ伝う合間に、師光はそこまで考えを巡らせた。

深編笠は半身を捻った抜刀の構えのまま、巌《いわお》のように動かない。師光も右足を踏み出し、鯉口を切ったまま相手を見据えている。

時を稼ぐことさえ出来れば、未だ勝機もある。師光は己にそう云い聞かせた。

「鉈落を斬ったのはお前だろう」

咄嗟《とっさ》に口を衝いて出たのはそんな言葉だった。

「屍体をあの場に残したのは手抜かりだったな。見つけたのはおれと坂本さんだ。だからじっくりと検分させて貰ったが、命取りになったのは背中の一太刀だった。あの用心深い遣い手の鉈落左団次が、背中を斬られて死んどった。これはちっと妙だ」

柄を押さえ込んだまま、深編笠は微動だにしない。師光は間髪を容《い》れずに言葉を繋いでいく。

「鉈落が死んどったのは、神楽《かぐら》舞台からも鳥居道からも離れた、身を隠す物が何もない場所だった。あの砂利は大きいのが交じっとるから、上を歩けば否応なしに音がする。だから不意を衝いて後ろから斬るなんちゅうことは無理だった筈だ。ほんなら鉈落は何で背後から斬られたのか。深く考えるまでもない。奴は警戒をせんでもよかった筈の者に裏切られ、後ろから斬り殺されたんだ」

粘っこい唾を飲み込む。素早く周囲——青眼に構える黒覆面たちの背後に目を配るが、寂寞《せきばく》として昏い町屋の並びに動きはない。

「おれに話を持ち掛けさえせんかったら、鉈落も殺されることはなかった筈だ。奴の目的は単なる小遣い稼ぎ程度だったんだろうが、菊水が逃げた真意を危ぶむお前らは、あちこち嗅ぎ廻る鉈落が疎《うと》ましかった。あれもこれも西郷の指示なのか。後ろから斬って掛かるたァ、薩摩隼《はや》人《と》も堕ちたもんだな」

「違う！」

深編笠のなかから、聞き覚えのある若い——半次郎の叫び声が響いた。

「勝手なことを云うな。俺は、俺は話そうとしただけなんだ。だけどあの人は逃げた。俺に背を向けて、刀すら抜かずに背を向けて逃げ出したんだ。だから俺は」

柄を握る相手の手は小刻みに震えていた。

刹那、師光はどうして屍体の首が落とされたのかを理解した。あれは偽装だったのだ。

予想に反して鉈落が逃げ出したため、半次郎は後ろから斬り掛かるしかなかった。そして、鉈落は死んだ。

血溜まりに沈む鉈落の屍体を前に半次郎は愕然とした筈だ。薩摩藩士たる彼の屍体は、間違いなく近場の二本松薩摩藩邸に運ばれることだろう。鉈落左団次は飛太刀流を修めた剣客でもあった。そんな鉈落の屍体に刻まれた背中の傷は、果たして傍目《はため》にはどう映るのか。

正面からでは敵わないと恐れた半次郎が、卑怯にも背後から鉈落を襲った——そう思われるのではないだろうか。

半次郎が鉈落の処分を命じられたとどれだけの人間が知っていたのかは分からない。しかし半次郎は他の藩士に、何より西郷にそう思われることを懼れた。実際は鉈落が逃げたのだとしても、普段から藩内では無学で剣を振るうことしか能がない田舎者だと嘲《あざけ》られている半次郎の言葉に耳を貸す者がいるとは到底思えない。

それ故《ゆえ》、半次郎は屍体の首を斬り落とした。自分が向かう前に、既に別の者が鉈落を討っていたということにするために。晒された首に斬奸状の類いがなかったのは、討たれて然るべき別の罪状を半次郎が知らなかったからだ。

師光が哀れみを覚えた刹那、目の前で深編笠が顔を上げるように勢いよく動いた。

——来る。

師光も手に力を込める。

正面の大伽藍に掛かる夕陽が酷く眩しかった。刺すような赤光《しやつこう》を遮るべく目を薄くした瞬間に、師光はそれを思い付いた。

刀身を身に寄せ、師光は平地《ひらじ》を相手に晒すように素早く刀を抜いた。

唸り声を上げて太刀を抜き放つ半次郎の笠に、白い光の帯が一瞬だけ映る。そして、師光の刀身に反射した夕陽に目が眩んだ半次郎の腕が、少しだけ揺らいだ。

師光はその隙を見逃さない。

突き上げるような半次郎の太刀筋に追い被せるようにして、師光は右から袈裟《けさ》懸《が》けに斬り下ろす。

鉄と鉄のぶつかる甲高い音が、辺りに響き渡った。

師光の切っ先は相手の左足の横に、そして半次郎の切っ先は師光の左足の横で地に向けられていた。

師光が溜めていた息を吐き出した途端、半次郎は腕を動かし、その切っ先を師光の喉元に突き付けた。水が逆巻くような、一切の無駄がない動きだった。

首筋に迫る白刃は、微《かす》かに震えていた。恃《たの》みとする兵法を破られたことの衝撃と怒りが、その切っ先からは溢れ出ているようだった。

「これで終いだ」

「それはどうかな」

そう返す師光の目は、立ち尽くす黒覆面たちの背後、町屋の陰に蠢《うごめ》く幾人もの影を確かに捉えていた——間に合ったのだ。

師光は顎を上げ、大声を張った。

「某《それがし》は尾張藩公用人の鹿野師光。新撰組副長、土方歳三殿に伺いたき議があって参上仕《つかまつ》った！」

師光の声に呼応するように、背後から聞き覚えのある鋭い声が飛んだ。

「取り囲んで全員生け捕りにしろ、殺すなよ」

半次郎は咄嗟に身を引いた。黒覆面たちも、驚いたように首を動かしている。

男の声を契機として、大小を携《たずさ》えた黒衣の武士集団が次々と物陰から姿を現わした。

師光は半次郎に切っ先を向ける。

「西本願寺《そこ》は新撰組の屯所だぜ、知らんかったのか」

半次郎は最後まで聞かず、大きく刀を振るって、既に彼らを取り囲みつつあった新撰組隊士の輪の薄い箇所を突破した。

黒覆面も慌ててその後に続こうとするが、隊士の刀に阻まれ、そのまま大乱闘が始まった。

刀を収めようとした師光は、先ほどの一撃で刀身が大きく歪んでいることに気が付いた。只の一度打ち合っただけだが、細くしなやかだった刃は緩やかに曲がっている。これでは鞘に収めることも出来ない。

歪んだ刀身を眺めながら息を吐いた師光の脳裏に、ふと或る記憶が甦った。

事実同士がゆっくりと繋がっていく。靄《もや》のようなその繋がりを壊さないように、師光は幾度も初めから考えを進め、そして漸く筋道が見えた。

「公用人ってのもなかなか忙しそうだな」

静かに興奮する師光の背後から声が掛かった。

振り返ると、袴姿の土方歳三が無愛想な顔で立っていた。

「自顕流の抜きをよく弾いた。陽を使うとは考えたもんだ」

どうやら一部始終を陰から見ていたようだ。

見殺しにするつもりだったのかと云いかけて、結局は口を噤《つぐ》んだ。訊くまでもない。見殺しにするつもりだったのだろう。

まァなと返し、師光は夕空に黒く映える西本願寺の大伽藍を振り返った。

逃げ切れないと一度は観念した師光だったが、直ぐに別の手を思い付いた。いま自分たちが居る場所が、西本願寺の門前、つまり新撰組屯所の目の前だということを思い出したのだ。

騒ぎを起こせば、当然隊士たちが飛び出してくるだろう。敵の敵が必ずしも味方だとは限らないが、若し刺客と新撰組の乱闘が始まれば、得をするのは師光を措《お》いて他はない。その読みに賭け、時を稼いだのである。

「俺たちが出てこなかったらどうするつもりだった」

「天下の新撰組が、屯所の前の斬り合いに気付かん訳がない。まァ、ただの喧嘩なら放っておかれたかも知れんが、片割れが薬丸自顕流を遣っとったとなりゃア話は別だ。片方が斃《たお》されるのを見越して、必ず飛び出してくるだろうとおれは踏んだ……間違っちゃアおらんだろ？」

「よく分かってるじゃねえか」

土方は五人の隊士に取り押さえられている黒覆面に目を移した。

「逃げたのは中村半次郎だろ。アンタが斬られたらその隙に分《ぶ》ん捕ってやろうと思ったんだが、抜かった」

「でも助かった。礼を云う」

「本当にそう思っているなら態度で示すんだな」

師光は苦笑した。龍馬のことを話す訳にもいかないが、借りを作ったままにしておくのも好ましくはない。

考えを巡らせる師光の脳裏に、ふと弥四郎の顔が浮かんだ。

「もう耳に入っとるかも知れんが、二日前に西陣の村雲稲荷で薩摩藩士が斬り殺されて、下鴨の葵橋で首を晒された」

「鉈落左団次だろ、聞いてるよ」

「ならば話が早い。相変わらず耳聡いな」

「それが仕事だ。で、その鉈落がどうかしたのか」

「奴の斬られた村雲稲荷だが、少し前から薩摩の連中が足繁《あししげ》く通っとるらしい。社家《しやけ》の爺さんと孫が奴らに小突き回されて酷い目に遭っとるそうだ。そこらへんを探れば何か出てくるんじゃアないのかね」

「今の騒ぎもその関係か」

「さて、どうだか」

土方の冷ややかな目線が、再び師光に向けられた。真っ向から見返し、師光は頷いた。

「分かった、気に留めておこう。そういや薩摩で思い出したが、アンタ、村岡を訪ねたらしいな」

「奴が漏らしたか」

「怒ってやるな、それがアイツの仕事だ。薩摩の折衝役が行方を晦《くら》ませてるって聞いたぜ。それについてはどうなんだ」

「悪いが、おれが話せるのはそこまでだ」

土方は鼻を鳴らした。

「まあいいさ、それより他に訊きたいことがある。坂本と一緒に、小此木つう長州藩士が京に入っている。アンタはこいつのことを知ってるか」

その話題も沈黙で押し通そうとして、師光はふと妙な感覚に囚われた。

理由は直ぐに分かった。小此木の名が土方の口から出たことだ。村岡の前では、小此木のことを話題に挙げてはいない。どうして土方がその名を知っているのか。

「村岡がそう云ったのか」

思わず尋ねると、土方はあっさりと首肯《しゅこう》した。

「奴は村岡を訪ねていたらしいんだが、最近になって音沙汰がなくなったみたいでな。何だ、アンタ何も知らねえんだな」

師光のその表情を別の意味で捉えたのか、土方は呆れたように云った。

しかし、師光はそれどころではなかった。

――村岡を訪ねて？

乾いた地面に目を落とし、師光は茫然とその意味を考える。

小此木鶴羽は、過激派の筆頭格である桂小五郎の名代として、薩長協約のために上洛《じょうらく》した。対する村岡伊助は、元々長州藩内でも保守派に属し、今は徳川方に与《くみ》している。小此木からすれば、村岡は奸賊以外の何物でもない筈だ。小此木がそんな村岡を訪ねることなど、万が一にもあり得ない筈だが――。

「違う」

師光は、自分が今まで大きな思い違いをしていたことに気が付いた。逆だったのである。

「何か云ったか？」

土方の不審げな声は、耳の上を素通りしていく。

師光は唇を噛み、空を仰いだ。

燃えるような雲が、空の一面を覆っていた。

第九章　急　転

芭蕉《ばしよう》の葉が大きく揺れた。

師光は団扇《うちわ》の手を休め、陽の差す庭に顔を向ける。緑を誇るような芭蕉は、眩しい白洲《しらす》の向こうに立っていた。風もないのに妙だなと思っていると、葉陰から急に鳥が飛び立った。

尾張藩邸の自室だった。師光は縁側に腰を下ろしたまま、再び団扇を動かし始めた。座っていても汗が噴き出てくる。ただでさえ複雑な問題なのだ。こうも暑くては、纏《まと》まる考えも纏まらない。

昨日、師光は村岡を問い詰めるため、土方を適当に誤魔化して急ぎ六兵衛長屋へ駆け戻った。しかし既に遅く、陽の落ちた座敷の何処《どこ》にも村岡の姿はなかった。

家財道具はそのまま残されていたが、ひっそりとしたその様相と少し開いた戸が、主《あるじ》の不在――それも永遠の不在を告げていた。恐らくは、師光が歩き廻っている隙に土方を訪ね、そのまま行方を晦《くら》ませたのだろう。こうなっては、もう村岡を問い詰めることは出来ない。

師光は鉄瓶を取ると、空いた湯呑みに茶を注《つ》ぎ足した。すっかり冷めてしまった冠茶《かぶせちや》はどろりと濃く、舌の痺れるような苦みが口のなかに残った。

師光は再び思考模索の世界に潜《もぐ》る。

果たして、村岡伊助と小此木鶴羽を繋ぐ糸は何なのか。

保守派に属した村岡からすれば、過激派の小此木こそ長州を滅茶苦茶にした元凶である。上洛《じょうらく》を知った時点で土方らに報告をしていなければ可怪《おか》しい。また小此木からしても、国を売った村岡は誅殺《ちゅうさつ》の対象でこそあれ、決して頼るべき相手ではない筈《はず》だ。

村岡が、密かに小此木に同調している――つまり過激派と同じ長州復興の 志《こころざし》 の下に動いているということも考えられない。それを土方に告白するのは、殺してくれというのと同義だからだ。

そうなると考えられることはただ一つ。小此木の方が、村岡に同調していたのではないか。過激派筆頭の桂小五郎の懐《ふところがたな》 刀である小此木鶴羽は、実は保守派に属する人間ではなかったのか。

あり得ない話ではない。過激派の壊滅を目論《もくろ》む保守派が、自派閥の若党を間諜《かんちょう》として桂の元へ送り込むことは十二分に考えられることだ。

上洛した小此木が、龍馬の提唱する薩長協約の決裂、延《ひ》いては過激派の駆逐を目論んで、保守派の同志に当たる村岡と密かに連携を取ることは容易に想像が出来た。

気が付くと団扇の手が止まっていた。再び腕を動かしながら、師光は脇に置いた手拭《てぬぐ》いで喉元の汗を拭った。

「……分からんなァ」

思わず溜息が漏れる。村岡と小此木の繋がりを見出すことが出来たとしても、依然として事件の全貌は靄《もや》に包まれたままだった。

鹿ヶ谷に於《お》いて菊水の口から村岡の名が出ている以上、菊水はこの一件に村岡伊助が関与していることを知っていたことになる。そしてその村岡が、小此木の行方を追う者だということも。

菊水と村岡の繋がりに思いを巡らせた時、その間に浮かんでくるのは矢張《やは》り小此木の顔だ。

「菊水は、小此木と村岡が会っとる場面に出会《でくわ》した。村岡伊助が奉行所の間者《かんじゃ》ちゅうのは周知の事実。本来なら顔を合わせる筈のない二人だ。その理由を問い糺《ただ》した菊水は、小此木が実は薩長協約に仇為《あだな》す者ちゅう真実を知り、激高して斬った……」

一応、筋は通っている。菊水と村岡の関係を考えた場合、これが一番あり得るようにも思われた。

しかし、小此木を斬ったのは菊水ではないと師光は考えている。

天辰寺で目にした小此木の無事に安堵する菊水の姿もあるが、何より、菊水が下手人とするとどうしても辻褄の合わないことがあるのだ。

確かめたいことは未《ま》だ多く残っていた。しかしそのどれもが一筋縄ではいかなそうなものばかりだった。

矢張り全ては、小此木が目を覚ますか否かに掛かっている。

湯呑みの底に少しだけ残っていた冠茶を一息に呷《あお》ると、新発田藩邸へ向かうべく師光は支度を始めた。

昨日の一件で笠が駄目になってしまったので、そのまま玄関から出る。

朴歯《ほおば》の下駄を鳴らしながら門を潜《くぐ》ろうとした師光は、勢いよく飛び込んでくる人影と正面からぶつかりそうになった。新発田藩邸で玄関番をしている顔馴染《なじ》みの青年だった。

「ああ鹿野様、これはいいところに」

青年も師光に気が付き、肩で息をしながら頭を下げた。

「どうした、そんなに急いで」

「三柳さんから、直《す》ぐに鹿野様をお連れするように云われたのです」

喉に絡まる痰《たん》を切りながら、青年は苦しそうに云った。

「何かあったのか」

「今朝方、新発田藩邸に浪人が忍び込みまして。それが薩摩藩士の菊水簾吾郎だと」

なにと師光は思わず青年に詰め寄った。

「おい、そりゃ本当か」

「我らにて取り押さえ、今は刀を取り上げて屋敷内の一室に閉じ込めてあります。三柳さんは、鹿野様のお知り合いだから直ぐお呼びしろと」

「その通りだ。三柳は藩邸におるな？　よし、ほんならええ」

汗を拭う青年に藩邸で休むように告げてから、師光は駆け出した。

下駄の歯で地面を削るようにして、師光は今出川通を西へ走る。

菊水が新発田藩邸に現われた理由は、間違いなく小此木だろう。

小此木に危害を加えることはないだろうが、だからといって悠長にも構えてはいられない。菊水検束の噂が広まれば、薩摩は直ぐに動く筈だ。身柄の引き渡しを求められた際、留守居添《るすいそえ》役《やく》という下僚の三柳では抗《あらが》うことにも限界がある。

荒い息を吐きながら走り続ける師光は、視線の先に人集《ひとだか》りを捉えた。

新発田藩邸の小振りな門の前では、垂れ駕籠《かご》を囲むようにして十人近くの男たちが集まっている。一足遅かったようだ。

駕籠の側《そば》には三人の男が立ち、袴《はかま》姿の男をなかに押し込もうとしていた。

乱暴に背を押される男の顔には見覚えがあった。

「待った！」

師光の声に振り向いたその顔は、天辰寺で出会った菊水簾吾郎に間違いなかった。

駕籠に駆け寄ろうとした時、師光を遮《さえぎ》るようにして大柄な男が門の奥から姿を現わした。

「おお鹿野さん、これは丁度いいところに」

墨色《すみいろ》の羽織を纏《まと》った西郷吉之助だった。

思わず蹈鞴《たたら》を踏む師光の視界の端で、菊水は何か云いたげな顔をこちらに向けたまま、駕籠のなかに姿を消した。

「お待ち下さい！」

西郷の脇から三柳が転《まろ》び出た。門の陰や玄関口からは、見覚えのある新発田藩士たちが外の様子を覗《うかが》っている。

師光は上がりそうな息を懸命に抑え、西郷に詰め寄った。

「西郷さん、これは一体どういう訳です」

「この度《たび》は鹿野さんにも大変なご迷惑をお掛けしました。誠に申し訳ない。どうぞ勘弁してやって下さい」

「そうじゃアない、おれが云いたいのは」

師光が云い終わるかどうかというところで、西郷は徐《おもむ》ろにその頭を深く下げた。

「簾吾郎が余所《よそ》様の屋敷に忍び込むなぞというまた莫迦《ばか》な真似をしでかしたと、藩邸に報せが入りましてな。お恥ずかしい限りです。以降のことは、我々にお任せ下さい」

「ちょっと待った。おれは坂本さんからこの一件についての究明を依頼され、あれこれと動き回っとりました。菊水の処遇について口を出すつもりはないが、ほんでも村雲稲荷であの晩いったい何があったのかを教えて貰わんとおれも引っ込みがつきません」

「ご尤《もっと》もです。いや、全く以《もっ》てご尤もです。分かりました。今この場でという訳にはいきませんが、お望み通りの場を設《もう》けることを約束しましょう。そこできちんと鹿野さんにはお話を致します」

「どうして先に延ばす必要があるんです。ここで西郷さんも一緒に聞けば済む話じゃありませんか。座敷なら新発田藩邸の一室を借りればええ。出来るな三柳」

「ええ、はい、それは勿論」

西郷の表情が、一瞬だけ不快そうに歪む。しかし次の瞬間には、再び顔一面が温かな笑みに塗りつぶされていた。

「鹿野さん、簾吾郎の不始末は我ら薩摩の不始末なのです。色々と迷惑をお掛けしたことは謝りますが、先《ま》ずは我々に任せて貰えますまいか」

しかしと師光は必死に食い下がった時、今まで駕籠の脇に立っていた三人の若党が素早く西郷の前に躍り出た。

殺気立った顔で真ん中に立つのは、中村半次郎だった。

悲鳴に近い三柳の声が上がるのと、師光が鞘口《さやぐち》を摑み上げるのはほぼ同時だった。

「何をされます！」

「鹿野さんも滅多な真似はお止め下さい！」

三柳は蒼白な顔で縋《すが》るように云った。

仮令《たとえ》御三家筆頭たる尾張藩の公用人といえども、他藩邸の門前で刃傷沙汰《にんじょうざた》を引き起こしては只《ただ》では済まされない。しかもそれが薩摩の大物とあっては尚更だ。

師光は大きく息を吐き、分かったと鞘を押し戻した。

「ご理解頂けて何よりです」

西郷は大きく頷くと、半次郎に下がれと命じた。

「必ず、菊水との話し合いの場を設けて下さるんですね」

「勿論ですとも。この西郷吉之助、天地神明に誓って鹿野さんをお呼びします」

西郷は依然として、聞き分けの悪い子どもをあやすような顔で笑っている。

師光は唇を強く結び顔を背《そむ》けた。

「それでは、これで」

その言葉を待っていたかのように、人夫が駕籠を担いで動き出した。

西郷はもう一度深く頭を下げると、若党らを引き連れて駕籠と共に歩み去った。

緊張の糸が切れたのだろう、師光の耳のなかでゆっくりと蝉時雨《しぐれ》が響き始めた。門前に集まっていた藩士たちも。三々五々に屋内へ戻っていく。

三柳は肩を落とし、大きく息を吐いた。

「申し訳ありません、もっと早くにお伝え出来ていれば」

「気にするな、こればかりは仕方ない。小此木は無事だな」

「ええ、それは勿論。未だ眠ったままですが」

しかしと三柳は西郷たちの立ち去った方向に顔を向ける。

「大変なことになりました。菊水さんは大丈夫でしょうか」

「西郷だって莫迦じゃない。ここで菊水が死んだら、誰でも薩摩が口を封じたと思うだろう。流石《さすが》にそこまではせんだろうさ」

師光ははっきりと云った。半分は自分自身に云い聞かせているようなものだった。

「それより、いったい何があったんだ」

「騒ぎが起きたのは早朝のことです。未だ私も寝床だったのですが、怪しい男が塀を越えて忍び込んだと叩き起こされましてね。菊水さんは庭を彷徨《うろつ》いていたところを見咎《みとが》められ、そのまま捕らえられたとのことでした。あまり抵抗はしなかったみたいです。ご覧になったかも知れませんが、菊水さんは右腕を吊っていましたから」

師光は鹿ヶ谷での一件を思い出す。最初の一撃は菊水の右腕を掠《かす》めていた。その時の傷が悪化しているのかも知れない。

「ただの物取りなら奉行所にでも突き出せば良いのですが、今回は相手が相手でした。新発田だけの判断で処遇を決めることは出来ませんから、厄介ごとに巻き込まれるのは御免ということで上層部の連中は薩摩に報せて引き取って貰おうとしました。これは拙《まず》いと思ったのですが、一方で奉行所に突き出せばよいと主張する者もおり、それら二派が云い争っている間に私は鹿野さんに使いを出したのです」

雲が流れ、強い陽射しが再び地を照らし始めた。師光と三柳はどちらが云うでもなしに、堀川沿いの木陰に入る。

「菊水は何か云っとったか、いや、そもそもその男が菊水簾吾郎ちゅうのはどの時点で分かったんだ」

「自《みず》ら名乗ったんですよ。『某《それがし》は薩摩藩士の菊水簾吾郎、貴藩で療養中の小此木鶴羽に用があって参った』と。しかし、どうして菊水さんは新発田藩邸に小此木君がいると分かったのでしょう」

「済まん、それはおれの責任だ。おれが菊水に喋ったんだ」

三柳は目を丸くする。

「菊水さんと会っていたんですが」

「鹿ヶ谷の山奥で一瞬だけな」

師光は天辰寺での経緯を掻い摘まんで説明した。

「だから菊水さんは小此木君が生きて新発田藩邸にいることを知っていたんですね。じゃあ忍び込んだのは、今度こそ息の根を――」

「違う、小此木を斬ったのは菊水じゃない」

「菊水さんがそう云ったんですか」

師光は黙って首を振り、困惑した顔で立ち尽くす三柳を残して堀川の縁に歩み寄った。

河面は白い陽を浴びて、雲母《うんも》のように煌《きら》めいている。師光の姿に驚いた青鷺《あおさぎ》が、羽を広げて飛び去っていった。

河面に目を落としたまま、師光は三柳の名を呼んだ。

「ひとつ訊きたいことがある。坂本さんと一緒に村雲稲荷で小此木を捜しとった時のことだ。お前は剣戟《けんげき》の音を聞いたか」

隣まで来た三柳は、少し考え込んでから首を横に振った。

「いや、そんなことはなかったと思いますが」

「可怪しいと思わんか。小此木を斬ったのが菊水なら、近くにいたお前さんたちの耳にも、直前まで遣り合う音が届いとった筈だ。ほんでも、お前はそれを聞いていない」

「どういうことです」

「だから云っただろう。小此木を斬ったのは菊水じゃないんだ」

「それなら、鹿野さんは誰が下手人なのか分かっているのですか」

三柳の顔から河面に目を戻し、師光はああと首肯《しゅこう》する。

「未だ確かめにゃならんことは残っとるがな。それにしても本当に――」

厭《いや》な事件だと師光は呟いた。

第十章　三条小橋《さんじょうこばし》の二人

陽の煌《きら》めきを河面に残し、高瀬川は静かに流れていた。

柳の緑越しに差し込む午後の陽射しも、徐々に赤みを増しつつある。顔を上げた師光の頬を、涼やかな風が撫でていった。

往来の絶えない三条小橋の袂《たもと》に立ち、師光は龍馬を待っていた。

明保野亭からの文が届いたのは、今日の昼過ぎのことだった。

挨拶もそこそこに菊水の処遇について相談したいと始まり、三条小橋で落ち合って共に西郷を訪ねようと続けられていた。

当然、師光に異存はない。龍馬に尋ねたいこともあったので、指定の時刻より少し早く三条小橋を訪れ、そして今に至る。

西郷からは、未《ま》だ何の音沙汰もなかった。

ここに来る途中、師光は遠まわりして薩摩藩邸の様子を覗《うかが》っていた。

——菊水は無事だろうか。

師光は、固く閉ざされた薩摩藩邸の薬医《やくい》門を思い出す。

漏れ出る人の声はなく、塀の内側は不気味なほどに静まりかえっていた。

全てを拒むようなあの門の内側で、いったい何が起きているのか。それについて考えを巡らせる時、師光はどうしても肚《はら》の底が重たくなる。

気が逸り、橋の中程まで足を進めた。

黒ずんだ欄干《らんかん》に手を置いて、そっと息を吐いた。ここで騒いでも仕方がないことは、師光も理解していた。

川縁に目を移す。薄い蜜柑《みかん》色の陽のなか、縁台を出して夕涼みを始める町衆の姿が目に付いた。

今日も暑かった。最近は粘り付くような蒸し暑さは影を潜《ひそ》め、代わりに鍋底で焦げ付くような容赦のない暑さが京師《けいし》には充ちている。

——そうか、もう二十九日か。

龍馬から依頼を受けたのは二十一日の夜だった。随分と色々なことがあったような気もするが、それでも未だ八日しか経っていないことが師光は少し意外だった。

「待たせたかい」

振り返ると、大きな富士笠を被った龍馬が立っていた。よれよれの半着《はんぎ》に袴《はかま》姿で、腰には相変わらず脇差を一本だけ差している。

「済まなかったな、急に呼び出したりして」

「構いませんよ。おれもあんたに訊きたいことがありましたし、何より菊水のことが気掛かりだ」

龍馬は師光に並んで欄干に寄る。

「実は俺も、鹿野さんに話しておきたいことがあってね」

「ほう、何です」

龍馬は首を振った。

「先に鹿野さんの話を聞こうか」

「おれが訊きたいのは一つだけです。あんたは二十日の事件当日、どんな格好でおりました」

何だそりゃと龍馬は笑った。

「何に関係あるんだい。そんな前のことなんか覚えてないよ」

「極めて大事な問題です。三柳が云うことじゃァ、あんたは今みたいな、脇差だけ差した素浪人風の袴姿だったそうですが」

「ああ思い出した。そうだそうだ、あの日も暑かったから確かにこんな格好だったんだ」

「嘘はいけません。あの日、あんたは三柳を連れて公家《くげ》連中の屋敷を廻るつもりだったと云いました。そんな大事な日に、坂本龍馬ともあろう男が身形《みなり》を整えずにおったとは思えません」

龍馬の目が師光に向けられた。師光はその双眸を睨み返す。

「新発田藩邸に三柳を訪ねた時、あんたは黒羽二重《はぶたえ》を羽織って腰に大小を手挟んだ立派な武家の身形をしとった。玄関番ははっきりと覚えとりましたよ。一方で、それから暫《しば》く経って三柳と出会《でくわ》した時のあんたは、羽織もなく、太刀《たち》も差しとらん姿形だった。この間に何があったのか」

師光は一歩踏み出し、龍馬の肩近くでこう囁《ささや》いた。

「小此木を斬ったのは、あんたですね」


一瞬の間があった。

龍馬の目は師光から離れ、ゆっくりと藍色の河面に落ちていく。

「鹿野さんよ」

「はい」

「あんた、本気でそう考えてるのか」

はいと師光はもう一度答えた。

「莫迦《ばか》なことを云うもんじゃないぜ。考えてもみろ。小此木の側《そば》には、羽織まで血塗《ちまみ》れになった菊水がいたんだ。どうみても奴以外に下手人はいないだろうが」

「違います。菊水は断じて下手人じゃない。菊水には、小此木と遣り合えた筈《はず》がないんです」

「何でそう云い切れる」

「刀です。小此木の近くには、血の付いた懐紙《かいし》が幾つか落ちていました。小此木を斬った下手人が、その刃についた血を拭《ぬぐ》った時の物でしょう。ほんで、あんたと三柳が菊水の姿を認めた時、奴の刀は鞘《さや》に収まっとったそうですね？」

「ああそうだ。刃に付いた血を拭ってから鞘に収めたんだろう？　それのどこが可怪《おか》しいんだ」

「鞘に収まる筈がないんですよ」

師光は、腰に差した新しい太刀に目を落とす。

藩邸に出入りしている刀商に新しく用意させた一振りだった。卵殻《らんかく》包みの鞘で、刀商は三郎《さぶろう》太《だ》夫《ゆう》の業物《わざもの》だと胸を張っていた。眉唾物ではあるものの、程よい重さで手にもよく馴染《なじ》む。藩邸の庭で藁束《わらたば》を斬ってみたが、斬れ味もなかなかのものだった。

尤《もっと》も、この刀とて真剣同士で打ち合えば刀身は曲がり、刃先は毀《こぼ》れ、終《しま》いには折れてしまうことだろう。

刀は所詮、薄くしなやかに研《と》がれた鋼《はがね》の板である。強く打ち合えば必ず歪む。それは仮令《たとえ》大業物だったとしても、決して逃れられない宿命だ。

「現場に残っとった小此木の刀は大きく歪み、簓《ささら》みたいに刃毀れもしとりました。それだけ強く打ち合ったんなら、相手の刀も曲がっとらな可怪しい。そんな刀じゃア、当然鞘には収まりません。鞘に収まっとった菊水の刀が、小此木と遣り合った物である筈がないんです」

「それなら、菊水は偶々《たまたま》あの場に出会しただけだったって云うのかい」

「その通りです。あんたは小此木と打ち合った末、奴を斬り伏せた。菊水が現われたのはその後だった。菊水は驚いたことでしょう。慌てて駆け寄り、何があったのかと血の海に沈む小此木の身体を抱き起こした。その結果、羽織は血で汚れた。一方であんたは、現場から離れた後で本当に小此木が死んでいるのかが不安になった。そこで小此木を見たと嘘を吐《つ》いて、三柳と共に現場に戻った。若《も》し未だ息があったとしても、重傷であることに違いはありません。人を呼びに三柳を遣れば、その隙に片を付けることは出来ます」

「鹿野さんの話だと、俺は余程小此木のことを憎んでいたことになるね」

「そりゃアそうでしょう、だって小此木は幕府方の間者《かんじゃ》だったんですから」

龍馬は弾《はじ》かれたように顔を向けた。

「鹿野さん、あんた」

その表情に、師光は己の推理が間違っていなかったことを確信する。

「薩長協約を推し進めるあんたからしたら、小此木鶴羽は決して生かしておく訳にはいかん存在です。若しその事実を薩摩が知ってまったら、今度は薩摩側に長州を糾弾する云い分が出来てまう。今は、激高する長州に対して薩摩が下手に出ることで何とか落ち着いとるんです。その形が崩れてまったら、全てが水泡に帰します。それを避けるために、あんたはどうしても小此木と、その事実を知ってまった菊水の口を封じる必要があった——だから、あんたは鹿ヶ谷で菊水を撃った」

師光が龍馬を疑ったきっかけは天辰寺の一件だった。

菊水は、師光が狙われていたと云っていたが、よく考えるとそれは可怪しい。若し標的が師光だったとしたら、天辰寺に辿り着くまでの道中で幾らでも襲うことは出来た筈なのだ。それをしなかったということは、自《おの》ずと狙撃の対象は菊水だったことになる。

では、それが出来たのは果たして誰か。

それは銃の持ち運びが出来、また同時に師光が菊水の行方を追っていたことに関して既知だった者になる。

その二つに当て嵌まる人物について考えを巡らせた時、師光の脳裏に浮かんだのは、鹿ヶ谷へ向かうことを師光が報せた相手——坂本龍馬だった。

「あの日、村雲稲荷で何があったのか。おれはこう考えとります」

俯《うつむ》きがちになった富士笠を一瞥《いちべつ》し、師光は長口上に移った。

「小此木鶴羽が奉行所と通じた間者だったちゅうことを、あんたは事件の直前まで知らんかった……ちゅうよりも、あんたがそれを知ったから事件が起きたと云った方がええのかも知れない」

事件前夜である十九日にも、龍馬は小此木を連れて薩摩藩邸を訪ねている。若しその時点で既に知り得ていたのならば、何かしらの手を打っていなければ可怪しい。

「あの日、新発田藩邸で三柳の不在を知ったあんたは、二本松薩摩藩邸を訪ねる途上で、村雲稲荷に入る小此木の姿を見掛けた。不用心に出歩く姿を不審に思ったんでしょう、後を追って境内《けいだい》に足を踏み入れたあんたは、そこに菊水の姿も認めた。菊水が小此木を呼び出して問い詰めたのか、それとも小此木が菊水を呼び出して自《みずか》ら告白したのかは分からんですが、とにかくあの日、村雲稲荷の境内には小此木と菊水がいた。そしてその二人の会話から、物陰にいたあんたは小此木が間者だと知った」

龍馬が菊水を狙ったのは、小此木が間者であると菊水が知っていたからだ。では、どうして龍馬はそれを知り得たのか。考えられるのは、菊水がその事実を知った場に龍馬も立ち会っていた場合である。そしてそれは、事件直前の村雲稲荷の境内を措《お》いて他にない。

「当然あんたは驚いたことでしょう。ほんで直《す》ぐに、若しその事実が露見すれば、薩長協約の構想は瞬《また》く間に破綻してまうことにまで考えが至った。それ故《ゆえ》に、あんたは絶対に二人の口を封じにゃならんくなった」

どうして龍馬はあの日に限って短銃を使わなかったのか——持ち合わせていなかったからだ。あれほど大きな物が懐中《かいちゅう》にあっては、凡《およ》そ不格好で公家連中を訪ねるのに具合が悪い。必然として龍馬は太刀を抜かざるを得なかった。

「そうは云っても相手は二人。菊水は薬丸自顕流、小此木は柳生新陰流を修め、共に相当の遣い手だとあんたは知っとった。その場で挑みかかるのは得策じゃアない。あんたはどちらか一人になるのを待った。そして、立ち去ったのは菊水だった」

独り残った小此木の前に、龍馬は姿を現わす。

二人の間に言葉はあったのか否か。龍馬は腰の太刀を抜き放ち、小此木もそれに応じた——そして、激しい剣戟《けんげき》の末、小此木鶴羽《ま》は遂に斬られた。

「ことを済ませたのち、あんたは先ず返り血で汚れた羽織と鞘に収まらせん刀を処分しました。直ぐ菊水を追い掛けようにも手元には脇差しかない。それで襲い掛かる訳にもいかんでしょうから、あんたは一度出直す必要があった。幸いなことに、あの日、西郷を始めとした薩摩の幹部連中は揃って不在でした。彼らが伏見から戻る迄《まで》に菊水を始末すればええ訳ですから、未だ間があった。あんたは足早に村雲稲荷から離れ、そして歌会帰りの三柳と出会してまった」

血の付いた羽織は、近くの川にでも流したのだろうと師光は考えている。

龍馬の着ていた羽織は黒羽二重の上物で、しかも返り血でべったりと汚れているのだから、そこいらに放ったのでは目を引いてしまう。あの日は前日の大雨で水嵩《みずかさ》も増していた筈だ。羽織一領ぐらいならば、直ぐに流されていったことだろう。

一方で曲がった太刀は、その重さからしても流して済ます訳にはいかない。だが、あの辺りには昨年の戦の名残《なごり》となる焼け跡が幾つもあった。そこに打ち棄てられた金物類のなかに紛《まぎ》れ込ませておけば、目立ちはしない。

「その時の心情からしたら三柳なぞに構っとる余裕は当然なかったんでしょうが、そういう訳にもいかァせんかった。何故《なぜ》なら、その少し前にあんたは三柳を訪ねて新発田藩邸に出向いとるのです。藩邸に戻った三柳がそれを知れば、自分に用があったんじゃアないのかと不審に思ったことでしょう。それは具合が悪い。ほんだであんたは、三柳と行動を共にせざるを得んかった」

そしてその道中で、龍馬の心に或る不安が生じた——本当に小此木は死んだのか。そして、現場に何か残してはいなかったか。

小此木は間者である。斬り殺されて然《しか》るべき狼藉《ろうぜき》者であることに間違いはない。しかし仮令《たとえ》そうだとしても、龍馬は、小此木を斬ったのが自分だと知られる訳にはいかなかった。小此木は間者だったので斬ったとは、口が裂けても云えないからだ。真っ当な理由を用意出来ない内に己の所業が露見すれば、それはそれで厄介なことになる。龍馬からすれば非常にもどかしい話だが、仕方がなかった。

「小此木の死と現場に何も残しとらんかを確認するため、あんたは三柳に『知り合いが村雲稲荷に入って行った』ちゅう嘘を吐いて、再び村雲稲荷に足を向けました」

しかし、龍馬が目の当たりにしたのは予想外の光景だった。

「あんたは酷く驚いたことでしょう。立ち去った筈の菊水が、倒れた小此木の側に血塗れの姿で立っとったんですから。ほんでもその刹那《せつな》、目の前に広がる光景があんたの頭のなかで或る一つの筋道を瞬く間に創り上げた。その目に映った通り、小此木を斬ったのは菊水で、それは自分が間者であることが露見しそうになったからだ、と。あんたは、事件の構造を全く逆にした——そうして、この長い事件が始まったんです」

師光はそこで言葉を切った。

いつの間にか、日影には青みが増している。富士笠の下で、龍馬の顔は酷く昏《くら》かった。

「どこか、間違っとる箇所はありましたか」

龍馬は何も答えず、ゆっくりと顔を往来に向けた。

師光も連られて目を移す。

葛籠《つづら》を背負った行商人、腰に二本差した武家、薪の束を頭に載せた大原女《おはらめ》、走り来る子どもたち。目の前を行き来する人の姿は、一毫《いちごう》たりとも途絶えない。

町は動いていると、師光は改めて思った。そして、町が動けば時勢も動く。人は前に進まねばならない。

「菊水は、どんな仕掛けであの鳥居道から抜け出したんだい」

龍馬の嗄《か》れた声が師光の耳朶《じだ》を打った。

「仕掛けなんざ何処《どこ》にもありません。ありゃア勘違いだったんです。あんたの話を聞いた後に、おれは村雲稲荷を訪ねて鳥居道を見て来ました。確かにあの隙間からじゃア子どもだって抜け出せんでしょう。ほんでも、抜け道や仕掛けでもない限り人が消える訳がないんですから、考えられる答えは一つだ。菊水は、端からあの鳥居道には入っとらんかったんですよ」

「だが、俺は確かに菊水の姿を」

「ええ確かに見たんでしょうね。若し嘘を吐くなら、単に見失ったと云えばええだけだ。わざわざそんな嘘を吐いても、あんたに利することは何もない。だから嘘じゃアない」

勘違いなんですと師光は繰り返した。

「鳥居道の脇にゃア白い幟《のぼり》が立っとりました。あんたが見たのは、あれだったんじゃアないんですか」

師光は腕を上げて羽織の袖を振って見せた。怪訝《けげん》そうな龍馬の目が、少しだけ開かれた。

「幟と——羽織か」

「その通り。鳥居道の始まりは東西に延びとりました。神楽《かぐら》舞台の裏から走って向かったのなら、その入口は左に見ることになる。あんたが下駄履きだったのに対して、菊水は確か雪駄《せった》履きでしたね？　走り難《にく》い下駄のせいで二人の間には距離が出来とったことでしょうし、雪駄じゃア足音もせん。灯《あか》りもない暗闇のなかで、鳥居の隙間から覗《のぞ》く右側の白い幟を、菊水の羽織の袖と見間違えても可怪しくはありません」

何だそれはと呟き、龍馬は小さく息を吐いた。余程拍子抜けしたのだろう。

「菊水は鳥居道に入らず、拝殿の裏手から逃れたんでしょう。兎に角、そうして菊水は姿を消した。殺し損なったあんたは直ぐに『小此木を斬ったのは菊水だ』と吹聴して廻り、銛落が踊らされたように、仮令菊水が戻って来ても誰も奴の言葉には耳を貸さなくなるような下地を作った。そしてあんたは、押しの一手としておれを——尾張藩公用人の鹿野師光を呼び出した」

師光は口のなかに苦い物を感じる。体よく使われたことを自ら話すのは、矢張《やは》り気分の良いものではなかった。

「当初、あんたがおれを引っ張り込んだのは、薩長協約の構想に尾張を一枚嚙ませるためだと思っとりました。尾張徳川家が絡んどるとなりゃア、奉行所や会津は疎《おろ》か、御宗家だって慎重になりますからね。ただ、あんたの本当の狙いはそれじゃアなかった。矢張りこれも、菊水を追い詰めるための策だった」

師光は龍馬の横顔を強く睨んだ。

「つまり、あんたはおれに菊水を捜させる一方で薩摩を急かしたんだ。西郷には幕府への牽制に尾張を使うと説いた上で、菊水は徳川の間者でそれを知られたから小此木を斬ったのかも知れないと思わせるような話を後から吹き込んだんでしょう？　既におれは動いとった訳ですから、自藩の恥を晒《さら》したくない西郷は当然慌てた筈です。ほんでも、今更手を引けと云えば余計怪しまれるのは必定。ことが明るみに出る前に自分たちの手で片を付けようと薩摩が躍起になるであろうことは、容易に想像が出来ます」

だから西郷は、半次郎に師光を襲わせた。鹿ケ谷の一件を経て師光が真実——龍馬の吹き込んだ偽りの真相を知ってしまったと思い込んだからだ。

「そうやってあんたは、薩摩の手で菊水を始末しようとした。当然小此木の口も封じる必要はありましたが、そちらは未だ目を覚ます様子もないので、急ぐことはなかった。あれだけ重傷なら、そうと分からずに殺すことだって容易でしょうから。だからあんたは菊水を優先した

——これが、おれの考えた真相です」

欄干に片手を乗せたまま、龍馬が矢《や》っ張《ぱ》りと呟いた。

「鹿野さんに頼んだのは間違いだったな」

「おれの知ったことじゃない」

龍馬は往来を見遣《みや》ったまま草臥《くたび》れた顔で笑い、そして陰鬱な目を師光に向けた。

「それで、鹿野さんはこれからどうしたいんだい」

「勘違いをしないで欲しいんですが、おれァ何も薩長協約の構想自体に反対はしとりません。ただ、何もしとらん筈の菊水が罰せられるのだけは、どうにも納得がいかんのです。だからこれから薩摩藩邸を訪ねて、西郷を説得して貰えませんか。あんたの言葉なら、西郷も」

「その必要はない」

龍馬の言葉が師光を遮《さえぎ》った。

「菊水は死んだ。だから今更行っても無駄だ。少し前に西郷からの使いが来た。二本松藩邸で菊水は腹を切った」

声が出なかった。両腕が、脚が、鉛のように重たくなった。

「何故」

漸《ようや》く絞り出せたのは、震えるその一言だけだった。

「隙を衝《つ》いて見張りの者の小太刀を奪い、腹と喉を掻き切ったらしい。末期の声で、菊水は自らの不始末で藩に迷惑をかけたことを詫びていたそうだ――見事な最期だったと、西郷からの文にはあった」

「い、いや、それは嘘だ」

師光は噛み締めるように云った。

「菊水は、あんたに撃たれて右腕を怪我しとった。新発田藩邸で抗《あらが》わずに捕まったのもそのせいだ。そんな男が、右腕をまともに使えんような男が、どうやったら見事に腹を切れるんだ」

龍馬の顔色が変わった。

「それは――」

「死んだんじゃない、菊水は殺されたんだ」

ふつふつと、肚《はら》の底から何かが込み上げてくるのを師光は感じた。吐き出す息も、喉が焼けるように熱い。

師光は鞘口を押さえ、猛然と踵《きびす》を返す。

「待て」

右腕を摑まれた。力任せに振り払おうして、師光は立ち止まる。腕を内側に捻《ひね》られ、動かすことが出来ない。

咄嗟《とっさ》に左手で脇差を摑んだ刹那、筒状の固い物が師光の腰辺りに突き付けられた。

小橋を行き交う町衆から、怪訝そうな目線が幾つも向けられる。

「そう逸《はや》るもんじゃないぜ」

龍馬の押し殺した声が肩越しに響いた。

「左で抜いてもいいが、その瞬間に、俺はあんたの横腹を撃ち抜く」

「……ここでそんな騒ぎを起こしてみろ。直ぐに新撰組が飛んでくるぞ」

「もう遅いな。あそこの角にいた物乞いが姿を消している。ありゃ恐らく奴らの密偵だろう。今頃八坂の会所まで走ってる最中だろうさ。どちらにせよそう時はない」

「だったら！」

聞けと龍馬は強い口調で云った。

「確かに菊水は死んだ。だがな鹿野さん、これで漸く始まったんだよ。ああそうだ、菊水は死んだ。薩摩と長州はこれで痛み分けだ。西郷も、もう後戻りは出来ない。菊水簾吾郎を殺したことで、連中は初めて長州と同じ所にまで落ちたんだ。だから、これでいいんだよ」

全身が熱くなる。柄《つか》を握る手に自ずと力が籠もった。

「菊水は薩長協約の礎《いしずえ》だ。だが、若しこれが破れたら本当の犬死にになる。だから俺はこのまま計画を進める。あんたが邪魔をするっていうのなら、撃ち殺してでもな」

押しつけられた銃口の圧が強くなった。

師光は、返すべき言葉を持たなかった。張り詰めた糸が切れるように、全身から力が抜け落ちた。

龍馬も、摑んでいた腕を放した。

「俺の遣り方を受け容《い》れろとは云わないさ。ただ、これが俺の選んだ道だ」

師光は強く唇を嚙んで、龍馬を見た。

視線がぶつかる。

龍馬は直ぐに笠の縁を摘まみ、目元を隠した。そして、これきりだと呟き師光に背を向けた。

師光はその背に向けて、或る一つの質問を投げ掛ける。

龍馬は脚を止め、背を向けたまま一言だけ答えた。

言葉を失う師光を残したまま、頭一つ分抜けた富士笠は人混みに紛れ、やがて見えなくなった。


末期の斜陽が三条小橋を照らしている。

高瀬川沿いの店先からは、既に酔客の声や嬌声《きょうせい》が溢れ始めている。

姦《かしま》しい喧噪のなか、師光は懐に手を入れ、仕舞い込んだ紙片の感触を確かめる。

藩邸を出る直前に、三柳から届いた文だった。紙面には、水茎《みずくき》の跡も麗しい彼の字で、小此木が漸く目を覚ました旨が認《したた》められていた。

風が強く吹いた。師光は思わず目を瞑《つむ》る。

吹き荒ぶ風からは、湿った埃のような臭いがした。夕立が近いのだろう。

ゆっくりと瞼《まぶた》を開けば、朱色に染まった入道雲が、遙か東山三十六連峰の後ろに聳《そび》え立っている。嵐を孕んだ夏の雲だった。

風向きが変わった。

西向きの風は、次の瞬間には東に吹き荒れ、道の土埃を舞い上げている。この風は一体どこに向かおうとしているのか、師光には分からない。

往来の影は徐々に薄まり、夜の気配と混ざりつつあった。

指先のざらざらとした紙の触感に、師光は漸く事件の終末を感じる。雨風吹き荒れる嵐の夜こそ、この陰鬱な事件の幕を引くにはお誂《あつら》え向きだろう。

雨気を帯びた夕風のなか、師光は一歩を踏み出した。

第十一章　友の死

雨の音が聞こえる。

紙を撫でるような絶え間ない雨音の合間、時折思い出したように強い風が吹いていた。がたがたと障子が揺れ、雨粒の叩き付けられる小さな音が数拍遅れて師光の耳朶《じだ》を打った。

目の前の布団には、小此木鶴羽が横になっている。

蒼褪《あおざ》めた顔は唇を結んだまま、面のように動かない。薄く開かれた双眸は、今も天井の一点を見詰めている。

「ずっとこの調子でして」

師光を案内した三柳も途方に暮れていた。

師光は小さく頷くと、同席した方がよいかという三柳の申し出を断り、布団の脇に胡座《あぐら》をかいて腰を下ろした。その間も、小此木の視線は天井を刺したまま微動だにしなかった。

三柳は不安そうな顔を残し、それでも黙して退出した。

既に陽は落ち、障子の向こうには漆黒の闇が広がっている。

布団を挟んだ師光の向かい側には、三柳の用意した箱行灯《はこあんどん》が置かれていた。茫《ぼう》と周囲を照らす行灯の上部からは白い煙が細く立ち上り、使っている油のせいだろう、辺りには魚の生臭さがほんのりと漂っていた。

師光は腕を組んだまま、再び目線を枕元に移した。

「どんな気分だ」

小此木の表情は、何も聞こえていないのかと思うほどに、揺らぎがない。

師光は瞑目《めいもく》し、ゆっくりと言葉を重ねる。

「おれは尾張藩公用人の鹿野師光。坂本龍馬の依頼を受けて、この一件を調べとった者だ。お前のことも既に調べがついとる。小此木鶴羽は、過激派の内情を探るために桂小五郎の元へ送り込まれた保守派の間者《かんじゃ》だった。上洛《じょうらく》後、桂の腹心として薩長協約に向けて奔走するふりをしながら、お前はその一部始終を逐一奉行所に報告していた。だが、その事実は露見した。結果、お前は坂本龍馬の手で斬られた」

「それは、あの男が云ったのですか」

瞼《まぶた》を開くと、小此木の虚《うつ》ろな目線がこちらに向けられていた。

「違う。あの人は何も語らなかった。まァ否定もせんかったがな」

白く乾いた小此木の唇の端に、蔑《さげす》みの色が滲《にじ》んだ。

「違うのか？」

「何も違いませんよ。私が口を開けば直《す》ぐ分かることなのに、それを秘することに何の意味があるのでしょうね。ええそうです、私はあの男に斬られた。そして死に損なってここにいるのです」

乾いた笑い声を上げながら、小此木は布団の上に手を突《つ》いた。袖口から覗《のぞ》く腕は、透き通るほどに白く細かった。

「それで、薩摩と長州は手を結んだのですか」

「いいや。だが、その二藩を遮《さえぎ》る物は何もない。そう遠くはないだろうさ」

身を起こそうとしていた小此木の顔が歪んだ。

呻《うめ》き声を上げ、布団の布地を強く摑む。白い生地に皺《しわ》が寄った。師光は腰を下ろしたまま、黙ってその様を見詰めていた。

荒い息を吐きながら、小此木は上目遣いで師光を睨んだ。身を起こすだけで息も絶え絶えになっている。

「坂本に頼まれて事件を調べていたんでしたね。奴は何と云っているのです。私を奉行所に突き出しますか、それともこの場で殺しますか」

「何もしやァせんさ。あの人は薩長協約の大詰めに向けて奔走しとる。もうお前にも、あの事件にも何の興味もないようだ」

蒼白い光が闇を裂いて座敷全体を照らした。

師光は思わず目を薄くする。数拍遅れて、壁を叩くような雷鳴が近くに聞こえた。

稲光に目を焼かれたせいか、先ほどよりも室内は暗く感じられる。黒紗《こくさ》を垂らしたような薄暗がりのなか、俯《うつむ》いて肩を震わせる小此木の姿がぼんやりと浮かび上がった。

「殺せ」

項垂《うなだ》れたまま、小此木は呟いた。

「もういい、殺せ」

「そう急《せ》くな。お前には、未《ま》だ幾つか訊くことがある」

小此木の悽愴《せいそう》な顔が師光に向けられた。

「あの日、お前は菊水簾吾郎と共に村雲稲荷にいた。そこでの会話を坂本に聞かれたのが全ての始まりだ。あれは菊水がお前を呼び出したのか、それともお前が菊水を呼び出したのか、どっちなんだ」

「それを知ってどうする」

「どうもしやァせんさ。それ以外のことは粗方調べ上げたが、そこだけはお前に訊かんとどうしようもないからな。まァそう睨むなよ。別に、今更どうこうしようちゅうつもりはない。ただ、分からんことが残っとるのは何とも据わりが悪いだけだ」

知ったことかと小此木は吐き棄てた。

「呼び出したのが菊水なら、奴はお前から既に不審な匂いを嗅ぎ取っとったことになる。逆にお前が菊水を呼び出したのなら、それも妙な話だが、お前から進んで間者であることを吐露したことになる。良心の呵責《かしやく》でも感じたか?」

「黙れ!」

小此木は腕を伸ばし、師光の胸倉を摑もうとした。

均衡を失い、その身は師光の目の前で横転する。血膿《ちうみ》の臭いが師光の鼻を衝いた。

「黙れ、その口を閉じろ」

畳《たたみ》の上に爪を立て、小此木は苦しげな息遣いのまま這うようにして師光の袴《はかま》の裾を摑んだ。

乱れた胸元から覗く晒《さら》しには、じんわりと赤色が広まりつつあった。

「今すぐ出て行け、若《も》しくは俺を殺せ、さもなくば――」

「もうお前しかおらんのだ」

師光は小此木の顔を真正面から見た。

そして、菊水は死んだと短く告げた。

「お前が目を覚ますまでの間に多くのことがあった。結論から云おう、菊水簾吾郎は死んだ。……刃傷沙汰《にんじょうざた》を起こし、長州に迷惑を掛けた廉《かど》で腹を切ったんだ」

小此木の顔から表情が消えた。

「小此木鶴羽を斬ったのは、薩摩の菊水簾吾郎だということで事件は収束している」

「違う。下らない冗談は止めろ。何であいつの名が出てくるんだ」

膝近くを摑む小此木の手に力が籠もるのを感じた。

師光は口を噤《つぐ》んだまま、小さく首を振った。潤んだような瞳のなかで、小此木の黒目が大きく揺れた。

「そんな、まさか――」

口を半開きにしたまま、小此木はゆっくりと畳の上に目線を落とした。

障子紙を叩く雨音に混じって、座敷内には灯心が油を吸う音が静かに響いている。師光も小此木も一言も発さない。時だけが静かに過ぎていった。

「それは、坂本が仕組んだことなのか」

先に沈黙を破ったのは、小此木の嗄《か》れた声だった。

「そうであって、同時にそうじゃアない。お前が見つかった時、その側《そば》には血塗《ちまみ》れの姿で菊水が立っとった。咎《とが》められた奴は何も云わずに逃げ出した。これが始まりだ」

「莫迦《ばか》な奴だ、戻って来たのか」

小此木は緩慢な動きで立て膝になり、その不貞不貞《ふてぶて》しい顔を師光に向けた。

「あんたの云う通りさ。俺は、正義派を自称する莫迦共の動向を探るため、椋梨殿から桂の元に遣わされた男だ。俺が送り込まれたのは、それこそ長州が京を追われる遙か前でな。その頃は未だ藩も二つには割れちゃいなかったが、椋梨殿は数手先を読まれていた。その時点から、桂や高杉みたいな騒擾《そうじよう》の徒がいずれ藩に災いをもたらすと睨んでいらした。俺は、奴らの志《こころざし》に共鳴した態《てい》を装い接近した」

小此木はそこで言葉を切り、枕頭《ちんとう》の鉄瓶に手を伸ばした。疵《きず》の具合からしたら水は毒の筈《はず》だが、喉を鳴らして飲み干す小此木を、師光は敢《あ》えて止めなかった。

「ほんでも、お前が桂小五郎に命じられて上洛する以前に、過激派の挙兵で以《もっ》て保守派は壊滅した筈だ。椋梨藤太も処刑されたと聞いとる。指導陣が死んだ以上、最早《もはや》保守派の復権は望めんだろう? 主《あるじ》を失ったにも拘《かか》わらず、何でお前は間者であり続けたんだ」

「決まっているだろう、長州を取り戻すためだ」

小此木は鉄瓶を置き、袖口で口元を拭《ぬぐ》う。師光に向けられた双眸は、そんなことも分からないのかという嘲《あざけ》りの色が刷《は》かれていた。

「俺たちの力であの莫迦共を討つことが出来ないのなら、幕府にやらせればいい。それだけの話だ」

師光は漸《ようや》く得心がいった。小此木が目指したのは、昨年の再現だったのだ。

前回の征討によって、長州からは過激派が一掃された。それを知る小此木は、今回も幕府の力によって藩の中枢から過激派を駆逐しようと目論《もくろ》んだ。そのためには、長州には必ず負けて貰わなければならない。薩摩と手を結んで力を付けられては困るのだ。

「だからお前は、桂小五郎の名代となって薩摩との会談に臨《のぞ》む一方、そこで知り得た諸々を奉行所に流したんだな。尤《もつと》も、幾ら徳川に恭《きようじゆん》順を示す立場ちゅうても、小此木鶴羽は天下に仇《あだ》為《な》す長州藩士。間者たる保証がなけりゃア奉行所は疎《おろ》か誰もお前の云うことなぞ信用せん。ほんだで、お前はその際の窓口として、先に幕府に寝返っとった村岡伊助を頼った——そういう訳か」

「あの男のことも知っているのか」

小此木は詰まらなそうに云った。

「東寺脇の長屋を訪ねたが、随分と捨て鉢な男だったな」

「単なる腑抜けだ。初めの内は、あの男を通じて奉行所や会津に報せていた。だがあの調子だ。

まるで話にならない。俺は早々に村岡を見限り、伝手《つて》を得ていた東町奉行所の与力に、直接坂本の動向や西郷らとの会談の内容を伝えることにした」

「待て。話が通じとったのなら、どうして連中は動かなかったんだ」

師光はそこが分からなかった。若し奉行所に薩長協約の構想や龍馬の動向が逐一報告されていたのならば、それ相応の動きがあった筈なのだ。しかし実際に動いていたのは新撰組だけだった。それは何故《なぜ》なのか。

簡単な話だと小此木は痩《こ》けた頬を引き攣《つ》らせて嗤《わら》った。

「誰も俺の云うことなぞ信じなかった、それだけだ。薩摩と長州が手を結ぶなんてことはあり得ないと連中は嘲った。俺の警告は、誰からも相手にされない無様な脱藩浪人の戯言《たわごと》としか扱われなかった。連中のなかで、俺は村岡と同じように、何かの時に使える手駒の一つでしかなかったのさ。だがそんなことはどうでもよかった。俺は幾ら嘲られようと密告を続けた。そして俺は或ることを知った――知ってしまった」

小此木の声の調子が変わった。畳の上に目線を落とし、振り絞るように回りきらない舌で語り続ける。

「新撰組が坂本の上洛を摑んだらしく、漸く連中も俺の話が虚言ではないと気が付いたようだった。俺は会津の藩邸で重役連中の前に引き出され、ありのままを話すよう命じられた。俺はことの次第を詳《つまび》らかに、それこそ舌が痺れるほど語り尽くした。嬉しかったさ、漸く言葉が届いたんだからな。俺は最後に、長州の幕府に対する純一な恭順を示した。だが、そんな俺の思いは一蹴された。連中は、長州は改易《かいえき》だと嗤った。次回の征討で以て幕府は長州を討ち、毛利家を取り潰す。藩士は皆斬首だと、藩領は全て徳川家の物になるのだと、そう云った」

莫迦なと師光は叫んだ。

幾ら幕府の兵力が勝るといえども、そう簡単にことが運ぶとは到底思えない。しかしその一方で、万が一にも幕府が勝利することがあれば、それに託《かこつ》けて今度こそ関ヶ原以来の仇敵である長州毛利家を取り潰すということは容易に想像が出来た。

「俺は愕然とした。それでは何のために働いてきたのか。必死に食い下がったが、何の意味もなかった。俺は屋敷の外に放り出された。雨が降っていたな。蹴り出された泥濘《ぬかるみ》のなかで、俺はただ蹲《うずくま》っていた。どれぐらいそうしていたのかも覚えていない。不意に俺の名を呼ぶ声が聞こえた。振り返るとそこにはあいつが――菊水簾吾郎が立っていた」

話が繋がった。そこから事件が始まったのだ。

「酷く驚いていた。どうしてこんな所からと、あいつは矢継ぎ早に訊いてきた。それはそうだ。長州藩士の俺が、会津の屋敷から出てきたんだから。俺は何も答えずに立ち上がり、斬って掛かった。いま考えたら莫迦な話だ。今更俺が間者だと知られたところで、もうどうにもならないのにな。ただその時は必死だった。だが、泥に滑った俺の切っ先は掠《かす》りもせず、絶句するあいつを残して俺は逃げた。これが十九日――あの日の前の晩のことだ」

小此木はそこで言葉を切る。

箒《ほうき》で掃くような雨音が、少しだけ大きくなった。

「そこからのことは、もうよく覚えていない。気が付いたら、俺は宿にしていた紫竹の寺に戻っていた」

小此木の頭が少しだけ動き、目線が師光の脇に、そこに置かれた太刀《たち》に向けられた。

「腹を切ろうと思った。長州再興の夢が潰《つい》えた今、生きていても意味がない。膝を突き、前を開いて脇差に手を掛けた時、上り框《かまち》に置かれた紙片が目に入った」

「菊水からだったのか」

「そうだ。俺がさ迷っている間に来ていたんだろう。話をしたいから、明日の夕刻に村雲稲荷まで来いと書かれていた」

「お前はそれに応じた訳だな。それも菊水を斬るためだったのか」

「いいや違う。その時にはもう、今更あいつをどうにかしても無駄なことぐらい分かっていた」

「ほんなら」

「見てみたかったんだよ、菊水簾吾郎の激高する顔が」

小此木の口の端に陰惨な笑みが浮かんだ。

「あんたはあいつのことを知っているか」

「一度言葉を交わしただけだ」

「じゃあ教えてやろう。あの菊水簾吾郎って男はな、莫迦なんだ。いつもへらへら笑って鷹揚《おうよう》に構えるあの態度が、俺は昔から気に入らなかった。俺は、あいつが激高するところを、あまつさえ怒りに任せて俺を斬るところが見てみたかった。だから誘いに乗ってやった」

言葉を失う師光の姿に、小此木は嗄れた笑い声を上げ、そのまま激しく咳き込んだ。右手で口元を覆ったまま、臓腑《ぞうふ》全てを吐き出しかねない勢いで噎《む》せ込んでいる。

暫《しば》しののち、喘ぎながらゆっくりと上がったその顔は、口の周りが赤黒く汚れていた。

「……だからあの日、現われたあいつが何か云う前に、俺は或る紙束を渡して読むように云った。今迄《いままで》に徳川と薩長の双方から聞き知ったことを纏《まと》めていた物だ。もう俺には必要のないものだからな。面白かったよ、流石《さすが》のあいつも顔色を変えていた」

大福寺の住職にもう戻らないと告げた理由を、師光は漸く理解した。また、借り受けた硯《すずり》と筆で書き纏めた物も誰かが持ち去った訳ではなかった。持ち出したのは小此木自身だったのだ。手に付いた血を布団に擦《こす》り付け、小此木は体勢を直した。

「菊水は何て云ったんだ」

「何も。莫迦みたいに突っ立って俺を見ているだけだった。だから俺は、殺せと云った」

「でも、菊水は抜かなかったんだろう」

小此木の目が薄くなった。そして、莫迦な奴だと呟いた。その一言で十分だった。

師光は瞑目し、瞼の裏に二つの人影を思い描く。

二言、三言と言葉を交わしたのち、立ち尽くす小此木を残して菊水はその場から離れ去る。

小此木は言葉もなく、その背を見送っている。そしてその後に、小此木の背後から、刀を下げた蓬髪《ほうはつ》の大男が黙然と姿を現わした――。

「菊水があの場に戻ったのは、お前が屠腹《とふく》するのを懼《おそ》れてか、若しくは虫が報せたのか、どっちなんだろうな」

小此木からの返答はなかった。

稲光が再び座敷内を白く染め上げた。数拍遅れて、轟音《ごうおん》が障子紙を震わせる。

黒紗を下ろしたような暗闇のなか、小此木が顔を伏せたまま師光の名を呼んだ。

「あいつは何で腹を切ったんだ。逃げなかったのか」

「お前が知る必要はない。菊水簾吾郎は、小此木鶴羽のせいで死んだ。それだけだ」

新発田藩邸に忍び込んだのは、偏《ひとえ》に小此木に会うためだろう——そして、菊水は捕らえられたのだ。

込み上げる激情に衝き動かされて、師光は腰の脇差を鞘《さや》ごと引き抜き、叩き付けるようにして小此木の前に置いた。

「お前がすべきことは一つだけだ」

雨音のなか、小此木は両手を突いたまま微動だにしない。

師光は太刀を摑んで立ち上がり、小此木に背を向けた。

「そうか、あいつは死んだのか」

襖《ふすま》に手を掛けた時、小此木の声が微《かす》かに聞こえた。

師光は少しだけ手を止め、しかし直ぐに廊下へ出ると、後ろ手で襖を閉めた。

小此木は何かを続けて呟いたが、篠突《しのつ》くような雨音に掻き消され、師光の耳にはもう何も届かなかった。

翌日、尾張藩邸の師光を三柳が訪ねてきた。

酷く神妙な顔の三柳は開口一番、小此木が逃げたことを伝えた。

「鹿野さんが帰った後、座敷を覗いてみたんです。その時にはもういませんでした」

開け放たれた障子からは雨が吹き込み、無人の座敷を夜の色に濡らしていたという。

「直ぐに人を集めて捜しましたが、どこにも姿はありませんでした。閉めた筈の裏門が開いていたので、そこから外に出たのでしょう。あの疵では歩くこともままならない筈なのですが」

師光の残した脇差は見当たらなかったという。小此木が持ち去ったのだろう。

そういえばと三柳が遠慮がちに口を開いた。

「噂に聞いたのですが、菊水さんが腹を召されたそうですね。でも、小此木君を斬ったのはあの人じゃないのでしょう?」

「菊水は何の関係もない。小此木を斬ったのは――坂本さんだ」

三柳は絶句した。

「小此木鶴羽は奉行所と通じる徳川の間者だった。それを知ったあの人は、薩長協約が壊されることを懼れて小此木を斬った。菊水は偶々《たまたま》その場に居合わせただけだ」

「それがこの事件の真相なんですか」

蒼褪めた三柳の顔を一瞥《いちべつ》し、師光はそうだと短く答えた。

「だったらどうして、菊水さんは腹を切らなければならなかったのです。誰も止めなかったのですか」

師光はそれを告げるべきか逡巡《しゅんじゅん》し、結局首を横に振った。

三柳は肩を落とし、小さく溜息を吐いた。

蟬の声が大きくなる。

師光は庭に目を遣った。青々とした芭蕉《ばしょう》の葉が、今日もゆっくりと風に揺れている。

でもと三柳が不意に声を上げた。

「単に居合わせただけだったのなら、どうして菊水さんは私たちの姿を見て逃げ出したんでしょう。変じゃありませんか。だって菊水さんからしたら、坂本さんも私も共に見知った相手だった筈です。私たちと同じように偶々居合わせただけなんだったら、重傷の小此木君を前に話し掛けて来こそすれ、逃げ出す理由がありません。それに、坂本さんは『簾吾郎にやられた』という小此木君の呟きを聞いたのですよね？　あれはどうなるのです」

「お前さんも耳にしとるんだから、小此木が意識を失う間際に何か云ったのは確かだろう。ただ、『簾吾郎にやられた』ちゅうのは坂本さんの偽り言だ。本当は違う。お前の位置からじゃよく聞き取れなんだようだが、あの人に訊いたら教えてくれたよ」

「小此木君は何と云ったのです」

師光は、龍馬の大きな背を思い起こす。

別離の直前、師光の問い掛けに龍馬はただの一言でこう答えた。

「簾吾郎にげろ」

三柳の目が大きく見開かれた。

「お前さんが聞き取ったのは『簾吾郎に云々《うんぬん》』だったか。惜しかったな。ほぼその通りだったんだ。戻って来た時点で、既に菊水は小此木が間者だったちゅうことを知っとった。そんな小此木が血塗れで倒れとって、坂本さんの怒声に被せるように『逃げろ』と云ったんだ。奴は瞬時に理解したんだろう。坂本龍馬が、薩長協約に不都合なこの事実をなかったことにするつもりなんだとな」

だから菊水は逃げた。その場に残り戦う選択肢もあった筈だが、小此木から渡された懐中《かいちゅう》の文書を護り通すことを選んだのである。

菊水は薩摩藩邸に戻らなかった。

仮令《たとえ》龍馬がどのように手を回していたとしても、菊水の掌中に小此木の文書がある限り、自らの潔白を証明するのは容易だったことだろう。

しかし、菊水はそれをしなかった。

事実を明らかにすれば、薩摩に長州を糾弾する口実が出来てしまう。そうなれば、薩摩が下手に出ることで納まっている薩長協約の構想が忽ち破綻することは菊水にも直ぐに分かった筈だ——そして、小此木が決してただでは済まされないということも。それ故に、菊水は文書と共に姿を晦《くら》ませたのだ。

師光の脳裏に、天辰寺跡での菊水との遣り取りが浮かんだ。

菊水は鐘楼の土台で何かを燃やしていた。そして、追手と勘違いした師光に対し、それは貴様らの捜し物だと云っていた。菊水が燃やしたのは、その文書だったのだ。

三柳はゆっくりと首を振った。その顔は、あらゆる感情が綯《な》い交ぜになったものだった。

「それなら小此木君は――」

「止せ」

師光は強い口調で三柳を遮った。

何と云おうとしたのかは、師光にも分かっていた。だが、聞きたくはなかった。

三柳も、それ以上は言葉を重ねようとはしなかった。


三柳が去った座敷で、師光は天井を仰《あお》ぎ見ながら寝転がっていた。

黒ずんだ天井板の木目は、陰気な瞳を思わせた。その虚ろな視線をぼんやりと見返しながら、師光は努めて無心であろうとした。

しかし、その胸中では幾つもの思いが浮かんでは消えていった。

――どうすればよかったのでしょう。

去り際に呟いた三柳の言葉が、師光の耳の奥には今も残っていた。

瞼を閉じ、大きく息を吐く。

そのまま寝てしまおうとしたが、いつまで経っても頭は冴える一方だった。

幾度か寝返りを打った後に、師光は諦めて目を開いた。

隅に置かれた文机《ふづくえ》が視界に入った。

暫《しば》くそれを眺めていた師光は、やがて身を起こした。自分に出来る唯一のことが分かったような気がした。

文机に向かい、引き出しから綴じられた紙束を取り出す。

硯に水を差して、今までの出来事を一つ一つ思い出しながら墨《すみ》を磨《す》った。龍馬や西郷、それに菊水と小此木など、関わった男たちの顔が脳裏を流れていった。

墨を置き、筆を取る。

筆先にたっぷりと墨を吸わせ、師光はその表に「薩長協約顛末《てんまつ》覚書」と大きく標題を書いた。

終章に代わる四つの情景

一

慶応二（一八六六）年一月二十一日、夕刻。

鞍馬口通《くらまぐちどおり》に面して建つ薩摩藩家老、小松帯刀《こまつたてわき》の広大な屋敷の一室に男たちは集まっていた。

「それでは各々方《おのおのがた》、今一度内容の確認と参りましょう」

坂本龍馬は、左右に並ぶ薩摩長州双方の出席者を下座から睥睨《へいげい》した。

誰も何も答えない。

その沈黙を是《ぜ》と捉えて、龍馬は一段と声を張り上げる。

「一つ、若《も》し長州と幕府の間で戦争が起きた場合、薩摩は直《す》ぐに二千ばかりの兵を国元から向かわせ、在京の兵と合流した上で大坂にも千ほどの兵を置き京と大坂の双方を固めること」

……。

龍馬の声を襖《ふすま》越しに聞きながら三柳北枝は息を吐いた。

──矢張《やは》り引き受けるべきではなかった。

協約締結の立会人を請われ、半ば押し切られる形で引き受けた三柳だった。当事者たる薩摩と長州、そして肝煎人《きもいり》の土佐以外にもう一藩の立ち会いが欲しいと龍馬が云ってきたのだ。三柳は、新発田のような小藩には荷が勝った役目だと辞退した。しかし龍馬は引き下がろうとせず、結局三柳が折れざるを得なかった。

──これも、新発田藩のためなんだ。

膝の上で拳《こぶし》を固く握り締め、三柳は己に云い聞かせる。

この世相に新発田のような小藩が生き残るためには、最早《もはや》勝ち馬に乗る他に道はない。仮令《たとえ》右顧左眄《うこさべん》と罵《ののし》られようと、義を奉じて滅んだのでは元も子もないのだ。

そのためには、薩摩や長州との繋がりは保っておかなければならない。この薩長協約が成れば、時流は益々《ますます》激しさを増すことだろう。そのなかで、新発田が取り残されないよう繋ぎ止めておくための綱こそ、三柳に求められている役柄だった。

──およそ、自分には向かない役目だな。

渦中へ引き摺《ず》り込まれる己が身を嘲《あざけ》りながら、三柳は瞑目《めいもく》した。

中村半次郎は欠伸《あくび》を噛み殺しながら龍馬の声を聞いていた。

半次郎にとっては、長州と手を結ぶことなどどうでもよかった。長州が幾ら窮していようが、半次郎には関係がない。派手に戦って派手に滅びればよいぐらいにしか思っていなかった。

西郷ら幹部連中には何らかの思惑があるようだが、半次郎はそれを知らない。誰も教えてはくれなかった。

――つまらんな。

唇の皮を嚙み千切りながら、半次郎は天井を仰《あお》ぎ見る。

――こんなつまらんことのために菊水の兄《あに》さんは死んだのか。

小さな痛みが走った。深く嚙みすぎたのか、口中にじんわりと鉄の味が広がり始めた。流れ出る血を舌先で拭《ぬぐ》いながら、半次郎はそっと己の手を見た。幾つもの肉刺《まめ》が潰れ、その上にまた肉刺ができた、固く色の黒いひとごろしの手だった。

――菊水の兄さんとはもう少し話していたかったな。

西郷にそれを命じられた時、半次郎は酷く動揺した。だが、西郷吉之助の命に背《そむ》くことは出来ない。

半次郎は、已《や》むなく刀を取った。

――ああつまらない。

込み上げる欠伸を、半次郎は口のなかで嚙み殺した。

「一つ、一橋《ひとつばし》、会津、桑名《くわな》の連中が薩摩の周旋尽力を邪魔立てをした時は、薩摩も躊躇《ためら》いなく戦《いくさ》で以《もっ》て決着をつけること」

龍馬はそこで言葉を切り、桂と西郷の顔を交互に見た。

桂は腿の上で拳を握り締めたまま、険《けわ》しい顔で畳《たたみ》の上を睨んでいる。

西郷は太い腕を組み、午睡するような顔で瞑目している。

二人とも、決して龍馬とは目を合わせようとしなかった。

桂は、薩摩に対する不信感が拭いきれないのだろう。西郷は、薩摩と長州が対等な関係であることが気に喰わないのだろう。

問題ないと龍馬は肚《はら》の底で嗤《わら》った。どれだけ気に喰わなかろうが、もう二人は逃れることが出来ない。

桂には小此木の正体を告げてある。西郷には、薩摩が菊水を処断したことを糺《ただ》してある。桂は言葉を失い、西郷は黙して何も答えなかった。

漸《よう》くここまで漕ぎ着けた。暗闇の刻《とき》は直《じき》に終わり、この国にも曙光が差し込むことだろう。

だからこそ、もう決して誰にも邪魔はさせない。

龍馬は改めて一同の顔を見廻し、薩長協約最後の一箇条を怒声に近い大声で読み上げた。

「一つ、長州の冤罪が晴れた暁《あかつき》には、両藩は誠意をもって協力し合い、皇国のため、帝の威光が回復することを目標に力を合わせて尽力すること」……。

二

風の強い日だった。

ひょうひょうと人を小莫迦《ばか》にした音を立てて、冷たい風は頬を研《と》ぐように吹き抜けていく。

厭《いや》な風だと土方歳三は思った。

裏寺町通《うらでらまちどおり》、常楽寺《じょうらくじ》の門前である。

目の前では、五名の新撰組隊士が薄汚れた風体《ふうてい》の浪人を取り囲んでいた。笛のような風音に混じって、狭い通りには隊士たちの怒声が響き渡っていた。

囲まれているのは未《ま》だ若い男だった。

擦《す》り切れた袴《はかま》姿で、この寒天《さむぞら》にしては酷く薄着だ。脇差を下段に構え、腰には色の剝げた黒鞘《くろざや》を手挟んでいる。

手元の刃は血脂《ちあぶら》で汚れ、切っ先からは今も血の雫《しずく》が滴《したた》り落ちていた。男は巡察中の土方たちに見咎《みとが》められ、何も云わずに誰何《すいか》した隊士を斬り殺して逃げたのである。

——どいつもこいつも図に乗りやがって。

摺《す》り足で後退する男の姿を目で追いながら、土方は胸の裡《うち》で呟いた。

最近になって、市中では自《みずか》ら志士と称する浪人共の増長ぶりが目に付くようになった。

今迄《いままで》は鼠のように陰でこそこそと動き回っていた浮浪の徒が、近頃はやけに我が物顔で表通りを闊歩《かっぽ》している。見つけ次第捕縛はしているのだが、凡《およ》そ数が追いつかない。その現状も腹立たしいが、何より、見えないところで何かが動き出そうとしているのにも拘《かか》わらず、未だその理由を摑めていないことが土方には歯痒かった。

——坂本さえ逃がさなければ。

今年の一月、伏見の旅籠《はたご》、寺田屋に於《お》いて大捕物があった。薩摩藩士を詐称していた土佐脱藩浪人の坂本龍馬を、伏見奉行所が捕らえようとしたのだ。

しかし、三十名近くの捕吏を出動させておきながら、伏見奉行所は捕縛に失敗した。何とか手傷は負わせたようだが、代償に数名の捕吏を射殺され、龍馬には奉行所では手を出すことの出来ない薩摩藩伏見屋敷に逃げ込まれてしまった。

呆れるほどの失態だ。新撰組なら間違いなく切腹だろう。

だが、龍馬を捕まえられなかったのは土方もまた同じだった。以前に、繫がりがあると踏んだ尾張藩の公用人、鹿野師光を揺さぶることで足掛かりを摑もうとしたのだが、その目論見《もくろみ》は見事に外れた。土方に伏見奉行所を責めることは出来ない。

浪士どもの振る舞いが目に付き始めたのも丁度その時期からだった。恐らくは、その前後で龍馬絡みの何かがあったのだろうと土方は踏んでいた。

尤《もっと》も、過《あやま》ちを引き摺ることは土方の好むところではない。今はただ、己が為《な》すべきことをするだけである。

短く息を吐いた土方の鼻の先を、不意に何かが横切った。

顔を上げると、低く垂れ込めた曇天《どんてん》には雪が舞い始めていた。

「降って来やがったか」

白い吐息は瞬《また》く間に流されて、虚空に溶け込んでいく。

土方が目を戻した刹那《せつな》、男が動いた。

男は身を屈めて一歩踏み込み、手前に構える隊士の腕を横から斬り上げた。

土方は思わずほうと呟く。弱竹《なよたけ》のような痩軀《そうく》からは想像も出来ない敏捷さだった。

悲鳴を上げて横倒しになる隊士の陰から飛び出すようにして、男は右隣の隊士に刀身を突き出した。

咄嗟《とっさ》の反応が追いつかず、鈍《にぶ》く光る切っ先は隊士の下腹にすんなりと吸い込まれた。

瞬く間に二人が倒《たお》された。予想以上の遣い手だった。

徐々に勢いを増す白雪のなか、満身に返り血を浴びたその男は、荒い息を吐きながら再び下段に構えた。

唖然とした顔で立ち尽くしていた残り三人の隊士も、慌てて青眼《せいがん》に構え直し、男に向けて怒声を発し始めた。

土方は舌打ちした。

相手がどれほどの達人であろうと、数を恃《たの》めば生け捕りに出来る。それが新撰組の兵法だった。

斬るのは最後の手段である。死人には口がない。殺してしまっては訊き出せるものがないのだ。

だが、いま男を囲んでいる三人の心にはその余裕がない。斬るか斬られるか、その一点にのみ集中してしまっている。

土方は一歩踏み出し、隊士たちに怒声をぶつけた。

「おいお前ら、殺すんじゃねえぞ」

赤黒く汚れた男の顔がこちらを向いた。

矢張り未だ若い。二十四、五だろうか。総髪に結った髪は酷く乱れ、解《ほつ》れた髪は血に濡れて額に垂れている。

男の目付きが鋭くなった。歯を食い縛り、血溜まりに足を踏み出す。

轟《ごう》と強い風が吹き抜けた。舞い散る雪華のなか、濃い血の臭いが土方の鼻を衝《つ》いた。

男が地を蹴った。

脇差の短い刀身を振るって包囲網を突破し、凄まじい勢いで土方に向かって来る。

土方も咄嗟に鯉口《こいぐち》を切った。

しかし、男の刃が土方に届くことはなかった。

隊士の一人が後ろから太刀を振るい、男の腰を薙《な》ぎ払った。

目を見開いたまま、迸《ほとばし》る血飛沫《しぶき》と共に男はその場に頽《くずお》れた。遙かに飛んだ生温かい血飛沫が、土方の頬についた。

隊士たちは倒れた男に駆け寄り、引き攣《つ》った表情のままその身体に切っ先を向ける。

土方は足早に歩み寄り、一人の頰を思い切り殴り飛ばした。

「殺すなっつったのが聞こえなかったか。莫迦やってねえでさっさとあいつらを看《み》ろ」

行けと怒鳴《どな》りつけられ、三人は慌てて斬られた同胞の元に向かう。

その背を一瞥《いちべつ》してから、土方は血溜まりに沈む男に目を移した。

男の胸は微《かす》かに動いている。未だ息はあるようだ。乱れた胸元からは、大きな古疵《ふるきず》が覗《のぞ》いていた。

「おい、聞こえるか」

呼び掛けてみるが、男の顔には既に死相が浮かんでいた。言葉にならない呻き声だけが、血の泡と共に色を失くした唇の合間から漏れている。

「くたばる前に答えろ。名は何という。どこの藩だ」

虚《うつ》ろな目が土方に向けられた。

駄目かと諦めかけたその時、不意に男の右手が動いた。

血に濡れた細い腕が、震えながら土方に向けて伸ばされる。

「簾吾郎——」

嗄《か》れた声で男が呟いた刹那、糸が切れたように腕は落ちた。

勢いで跳ねた血飛沫が、土方の袴の裾に飛ぶ。

男はもう動かなかった。

顔を上げると、雪はいよいよ激しさを増していた。

吹き付ける風も冷たく、身体の芯から凍えるようだった。

三

酷く冷え込む夜だった。

河原町蛸薬師《たこやくし》の醬油商「近江屋《おうみや》」の二階座敷にて、中岡慎太郎は坂本龍馬と対座していた。

十畳ほどの座敷には、中岡と龍馬の姿しかない。

少し前までは峰吉《みねきち》という中岡の小間使いもいたのだが、今は腹を空かせた龍馬のために買い出しに出ていた。

「どうもいかんな、頭がくらくらする」

ずるずると鼻を啜《すす》りながら、龍馬は綿入り半纏《はんてん》の襟元を掻き合わせた。いつもより顔も赤く、目付きもぼんやりとしている。

「ここ最近は忙しかったからな、疲れが出たんだろう」

「かも知れんなあ」

「しっかりせんか、暫《しばら》く休めば直ぐに治る」

龍馬は億劫《おっくう》そうに身体を動かし、腹這いの格好になった。

二人の間には、龍馬の書いた新政府の役人表が置かれている。

関白、議奏、参議の三役から成り、関白には三条実美《さんじょうさねとみ》、議奏には薩摩の島津《しまづ》久光《ひさみつ》や越前の松平春嶽、そして参議には西郷吉之助や桂小五郎改め木戸《きど》準一郎《じゅんいちろう》など、それぞれに候補として挙げるべき者たちの名前が連なっていた。

「おかしかもんだな」

顎の下に両手を置いたまま、龍馬が呟いた。

「何がだ」

「考えてもみろよ。土佐のいち浪人に過ぎなかった俺やお前が、こうして天下国家の在り方を決めようとしているんだぜ。俄《にわか》には信じられんよな」

「だが、それが時流というものだ」

時流と龍馬は口のなかで繰り返す。

「俺たちは、何でこんなことをしようと思ったんだろうな」

「何だ藪《やぶ》から棒に」

龍馬は何も答えない。顎を手に乗せたまま、辛そうに息を吹き出している。

「確かに誰かから頼まれた訳じゃないが、それでも俺たちはそれが正しいと思ったからやったんだ。大政奉還《たいせいほうかん》だけじゃない、薩摩と長州の手を結ばせたのだってそうじゃないか」

そうだなあと妙に間延びした声で龍馬は云った。

「正しいと思ったから、やったんだよな」

ゆっくりと腕を突いて龍馬が身を起こした。

「なあ慎の字」

「何だ」

「人を斬ったことはあるかい」

はあと思わず大声が出た。

「お前、本当に大丈夫か。だいぶ頭がやられてるぞ」

そんなことはないと龍馬は力なく笑った。

どうやら完全に熱で浮かされているようだ。このままでは話にならない。

店の者に布団を用意させようと中岡が腰を上げた時、階下から何かが倒れるような音が聞こえた。

峰吉が戻ったのだろうか。それにしては少し早過ぎるような気もしたが、階段からは確かに誰かが小走りに上がってくる足音が響いてくる。

「峰吉か？　随分早かったな」

階段を覗き見ようとした中岡の背に、龍馬の虚ろな声が飛んだ。

「ありゃ――厭なもんだぜ」

慶応三（一八六七）年十一月十五日、底冷えするような冬の夜のことだった。

四

鹿野師光は独りで飯を食べていた。

慶応三年十二月の未だ薄暗い冬の朝、尾張藩邸の一室である。

住み込みの下男たちの分を一膳《ぜん》余計に用意させ、師光は少し早めの朝餉《あさげ》を摂っていた。

綿入りの半纏を羽織っていても、朝の冷気は身に染み入るようだった。

箸の先で掻き混ぜながら、味噌汁を流し込んだ。熱い物が、ゆっくりと腹の底に降りていく。思わずほうと息を吐いた。

早くに目が覚めたのは厭な夢を見たからだ。

詳しい内容は覚えていない。ただ、二年前の夏に関わった薩長協約に関するものだったことだけは覚えている。

どうして今更と思ったが、数日前、同志たちとの会話のなかで坂本龍馬の名が挙がった。それが原因かも知れない。

龍馬は死んだ。

先月十五日の夜、河原町蛸薬師の醬油商近江屋で、中岡慎太郎と共に襲われたのだ。龍馬はその場で命を落とし、何とかその場は生き存《なが》えた中岡も翌々日には遂に絶命したという。

現場に残されていた下駄などから、下手人は新撰組の手の者だというのが専《もっぱ》らの噂だった。しかし一方でその新撰組も、中岡が命を落とした翌日には、油小路通の本光寺《ほんこうじ》門前で内紛からなる凄絶な殺し合いを演じていた。

洛中には、血腥い風が吹き荒れていた。

汁椀を置きながら、儚《はかな》いものだと思う。

師光は、あの坂本龍馬がこうも呆気なく斃《たお》れるとは思ってもいなかった。それは何より、龍馬自身がそう思っていた筈だ。

どれだけ剛毅な者でも、死ぬ時は死ぬ。善人だろうが悪人だろうが関係はない。そして、死ぬ時は自分一人だ。

両側を白壁に挟まれた、細く長い小路が師光の脳裡に浮かんだ。

せっせと足を進めながら、向かいから人が来たならば、立ち止まって少し話をしてから別れ、また独りで歩き出す——生きることはその繰り返しだ。

胸が詰まり、思わず箸を持つ手に力が籠もった。

いかんなと自分自身に云い聞かせた。寒くて空腹だと、どうにも碌《ろく》な考えが浮かんで来ない。

茶碗を取り、昆布の佃煮を載せて飯を口に運ぶ。塩辛い味に頬がきゅっと鳴った。三口ばかり、無理矢理にでも飯を詰め込んでいく。

喉が詰まりそうになって再び汁椀に手を伸ばし掛けたその時、暁の静寂を破って、突如、往来から甲高い声が響いた。

「もし、鹿野師光殿にお目にかかりたいのだが」

師光は思わず箸を止める。

「尾張藩公用人の鹿野殿はおられぬか」

床の間の置時計に目を遣ると、時刻は明け六つ（午前六時）を少し過ぎたばかりだった。どこか西国の訛りを感じるその声に聞き覚えはなく、門番を呼ぶにしては大きすぎる。

謎の声は続けた。

「拙者、藩命により佐賀から出京仕《つかまつ》った者である。鹿野殿に用件あって参上仕った次第。誰か居られぬのか。至急お取り次ぎを願いたい！」

師光は、知り合いから或る男を連れて来て欲しいと頼まれていたことを思い出した。それは奇矯な佐賀藩士であって、百万遍の尾張藩邸に師光を訪ねるように云われているらしい。ただ、訪問は昼過ぎだと聞いていたのだが。

往来からは、続けて人の云い争うような声が聞こえてきた。

師光は慌てて立ち上がり、座敷を出る。

そして、一体どんな奴なんだと胸の裡で毒づきながら、白《しら》み始めた藩邸の長い廊下を足早に進んだ。

参考文献

猪飼隆明『西郷隆盛　西南戦争への道』岩波書店（岩波新書）、一九九二年。
一坂太郎『幕末維新の城　権威の象徴か、実戦の要塞か』中央公論新社、二〇一四年。
京都市（編）『京都の歴史7　維新の激動』學藝書林、一九七四年。
小沢健志『レンズが撮らえた幕末維新の志士たち』山川出版社、二〇一二年。
池田敬正『坂本龍馬　維新前夜の群像2』中央公論社、一九六五年。
大江志乃夫『木戸孝允　維新前夜の群像4』中央公論社、一九六八年。
村松剛『醒めた炎　木戸孝允』〈上・下〉中央公論社、一九八七年。
「特別展覧会　没後一五〇年　坂本龍馬」図録

この物語は史実を下敷きにしたフィクションです。

解　説

縄田一男

〈ミステリ・フロンティア〉の一冊として刊行された本書『雨と短銃』は、時間軸を慶応《けいおう》元年にとり、幕末の京都を舞台にした本格推理小説である。

加えて、デビュー作の『刀と傘　明治京洛推理帖』で第十九回本格ミステリ大賞を受賞し、各種ミステリ・ランキングも席巻した伊吹亜門の二作目にして、初の長編小説となる。

更には、第一作の前日譚にして、事件の探索にあたる尾張《おわり》藩公用人の鹿野《かの》師光《もろみつ》が十二分に活躍する感動の歴史ミステリが本書だ。

時は不穏な空気が流れる幕末、薩長《さっちょう》協約（同盟）成立前夜の京都、村雲稲荷《むらくもいなり》の境内で、薩摩《さつま》藩士・菊水簾吾郎《きくすいれんごろう》が長州《ちょうしゅう》藩士・小此木《おこのぎ》鶴羽《つるは》に斬りつけて重傷を負わせ、追手の坂本龍馬《さかもとりょうま》の目をくらまし、鳥居道で煙のように姿を消した、という事件が本書の要である。

事が明るみに出れば、薩長協約は水泡に帰してしまう。そこで秘密裡に決裂を回避したい龍馬が師光の出馬を要請したのである。

鹿野師光の活躍する探偵譚では、事件の動機は常に歴史の大きな転換点——この場合は薩長協約――とかかわっており、これに、誰が犯行を成し得る機会を持っていたかという事が、登場人物の巧みな出し入れによって加わることになる。

　師光の丁寧な聞き取り調査により、人となりをあぶり出すことによって、事件の全体像を細部にわたり具現化することで現出する事実。その事実の一つ一つを積み重ねることで真実に近づいていく。

　長州藩の先行きを案じている桂小五郎《かつらこごろう》に、その打開策たる薩長協約を持ちかける坂本龍馬。薩摩の財力をもって、幕府に対抗すべく兵器を揃えれば良いというのだ。それまでのいきさつで、双方ともなかなか乗り気でないところ、坂本龍馬が奔走する。

　龍馬には盟友の中岡慎太郎《なかおかしんたろう》が同道し、桂小五郎には名代として小此木鶴羽がつく。薩摩藩では西郷吉之助《さいごうきちのすけ》、その護衛として中村半次郎《なかむらはんじろう》、渉外役として菊水簾吾郎が登場し、師光の友人・新発田藩の三柳北枝《みやなぎほくし》らが、幕末の動乱の京都で、それぞれの大義のために動き、時の流れに翻弄《ほんろう》される。

　最初の事件――小此木鶴羽が境内で斬られた事件は、序章に代わる四つの情景の四で、犯人が〝彼〟として登場し、読む者に疑問を抱かせる。その心情も描かれ、息遣いも汗も感じられるのに、一体誰？　どうして？　謎だけが提示される。時のうねりが始まるのだ。

　本書はなかなか難しい構成になっていて、解説から読んでいる方は、是非本文に移って頂きたい。ネタバレこそしないが、ヒントになる言葉が出てきてしまうだろう。

　とても魅力的な人物として描かれる坂本龍馬。人懐っこい笑顔で、話が面白く、熱い口調で天下を語る。京における政治工作を一手に担う尾張藩の公用人たる鹿野師光は、龍馬とは以前より知り合いだったことから、この事件で犯人と目される菊水簾吾郎を探し出すことを頼まれるのだ。

何故彼は小此木を斬ったのか、動機は？　偶然現場に出くわした龍馬に一喝された簾吾郎は、鳥居道に駆け込むが、少し遅れて龍馬が後を追うも、その姿はどこにもなく、煙のごとく消えてしまったのだ。

闇夜のように暗いとは言え、鳥居道の出口には下男の作兵衛《さくべえ》とその孫弥四郎《やしろう》がいて、誰も来なかったと言い、連なる鳥居と鳥居の間には、到底人が抜けられるような幅はないのだが。

人間消失の謎に加えて、犯行の動機の謎に、果して本当に簾吾郎が犯人なのか、でもそうでないなら何故逃げたのか、消え入るような小此木の言葉「簾吾郎云々」の意味は？

謎が謎を呼ぶ中、靴のかかとをすり減らし捜査をする刑事よろしく、鹿野師光は丹念な菊水捜索を始める。きな臭い幕末にあって、微妙な立場の師光であったが、加害者と思われる菊水のみならず、被害者である小此木についても、どんな男だったかというような漠然とした情報をもかき集め、人となりのイメージを形作り、意味を探るのだ。

丁寧に描かれる捜査は、京都の情景描写とも相まって、幕末のリアルを読む者の眼前に提示してくれる。前年の禁門の戦により、京の大半が焼けてしまったこと、焼け残って炭のようになった柱、やっと少し戻ってきた日常。庶民の生活はどうなっているのか。

少しずつ分かる事――菊水簾吾郎は薬丸自顕流《やくまるじげんりゅう》免許皆伝の腕前。頬に疵《きず》のある厳《いか》つい面相ながら、温厚篤実《おんこうとくじつ》を絵に描いたような人で、為すべきとなったら躊躇《ちゅうちょ》なく刀を抜く、知略と胆《ぞ》力の備わった大人。軽挙妄動《けいきょもうどう》をする男ではない。それならば、余程の事情があったのか。顔見知りどころか、一緒に食事をするほどの仲の小此木鶴羽を斬るに至ったのには。

では小此木はどんな男だったのか。龍馬たちから見ても、寡黙《かもく》だが頭の切れる冴えた男。纏《まと》った雰囲気、他人から見た印象は、肚の底に秘めたものがある男——。その一つ一つが像を結び、事件の謎を解く鍵となっていくのだ。

何気なく私たちの前に提示されるちりばめられた事実——物語が進むにしたがって、それぞれ意味を持ってくる、絶妙な展開だ。

その内に第二の惨劇——首を斬られた死体の登場だ。

場所は同じく村雲稲荷。菊水の前任者の鉈落左団次《なたおちさだんじ》から菊水についての情報提供を申し出られ、待ち合わせ場所に出向いたら、そこに首無し死体。この死体は鉈落なのか。別人の死体をそう思わせるための偽装なのか。ならばその理由は？　そもそも鉈落はどうして情報提供を申し出たのか、死体が鉈落のものなら何故に殺されたのか。首を斬り落とした理由は？

その現場でも、師光の推理は現場検証をするＣＳＩのようによく働く。

胸や腹に傷がないのに仰向けの死体——それを俯せにすると案の定下手人は後ろから斬っており、首はその後で刀を構え直し、屍体から斬り落とした事を検証する。

しかして、その理由やいかに。

その首はその夜のうちに、葵橋《あおいばし》で晒《さら》され、主はやはり鉈落だったのだが、この事件の意味は？

　謎が謎を呼ぶとはこの事だが、師光は疑問を解消するために質問をし、僅《わず》かな情報を紡ぎ合わせ、その向こうの真実を探し出すのだった。

　私たち読者は、まったく同じ情報を与えられているのに、なかなかどうして、師光のようにはいかない。何故、どうして？　という問いかけを胸に、師光に引っぱってもらいながら、真実に辿り着くのだ。

　第七章鹿ヶ谷《ししがたに》騒動で、師光はやっと捜し人・菊水簾吾郎を見つけるが、銃撃に遭いあわやのところで簾吾郎に助けられる。この緊迫感の中、犯人は一体誰？　何が目的、標的は誰？　中盤の展開として、申し分のないものとなっている。

　師光はその場を凌《しの》ぐので精一杯だったため、菊水を確保出来ず、それどころか菊水に助けられて、命からがらその場を逃げ出したのだった。

　しかして、また謎は増える。

　そんな状況でも師光は、頭の中でいつも考えを巡らし、想像し、推理する。可能性、不可能性、人間性、状況等を加味して、考える。現代のＣＳＩと捜査一課ばりの働きに舌を巻くほどだ。

　連日の捜査、新たな事件、銃撃と、危険は枚挙にいとまがないが、このご時世、やはり活劇はチャンバラがないとはじまらない。

　第八章六条数珠屋町《ろくじょうじゅずやまち》の血戦では、師光の見事な剣の駆け引きにお目にかかれる。

尾張藩公用人として幾度も白刃を掻い潜ってきた師光は、斬り合いの常道というものを知っていた。

ここにおいて、第二の惨劇の事情が明白になる。そこにある武士の厳しさと悲しさが表裏一体となっていることに、思いを致せば致すほど、深く腑に落ちるものを感じるのだ。

有能な探偵たる師光の、武士の一面を見る章だが、幕末の京ではお約束の新撰組をも利用し、辛くもこの死地を脱する。剣の腕だけでなく、大局を見る能力もなければ、生き残る事は出来ないのだ。

新撰組副長の土方歳三《ひじかたとしぞう》と話しているうちに、新たな情報を得て、一気に今までの様々な事に考えを巡らせ、思考模索の世界に潜り、事件の筋を構築する。

私たちはまだ追いつけずにいるが、心地よい疲労感に浸るのだった。

しかし急転、これからは重苦しい現実に苛まれることになる。幕末とはいつもそういうものなのだ。ドラマ「燃えよ剣」で、土方歳三を演じた栗塚旭《くりづかあさひ》はドラマ「俺は用心棒」では、同じく幕末の京において、弱い者の用心棒として、庶民、名も無き浪士を助けるが、けして彼らは幸せになれない、時代の流れがそれを許さないのだ。その悲哀、無力感が、この幕末の京都を、息も詰まりそうな炎暑や降りしきる雨の中、戦に破壊された古都の哀切までをも見事に描ききった本書に通底していると感じる。

坂本龍馬は、命懸けで薩長協約に奔走するが、それは誰に頼まれた訳でもない、時流に乗って無我夢中に駆けていたら、そうなったのだ。龍馬一人の事ではない。そこに至るまでには、薩摩や長州は勿論、土佐《とさ》も水戸《みと》も肥後《ひご》も福岡《ふくおか》も、多くの者が手を尽くし、そして死んでいった。その後を継ぎ、この国の行く末のみを思い、いつか斃《たお》れても、また次を誰かが継いでくれると信じて死力を尽くす。「昨日までがあって今日になり、それで明日に繋がるんだから」と。

多くの無名の維新の志士、戦に巻き込まれ、家を焼かれ、命を落とした庶民、友人の秘密を守り、何も語らずにただ黙って殺されていった菊水簾吾郎、友の死を知ってから野垂れ死にするまで小此木が背負っていたもの、そして末期《まつご》の言葉「簾吾郎――」の意味。それらを思うと、師光ではないが、胸が潰れる思いがする。

幕末の空気をも描ききった、歴史・時代小説における、本格推理小説の一巻と言えよう。

本書は二〇二一年に小社より刊行された作品の文庫化です。

検印
廃止

著者紹介　1991年愛知県生まれ。同志社大学卒。2015年「監獄舎の殺人」で第12回ミステリーズ！新人賞を受賞。18年に同作を連作化した『刀と傘』でデビュー。翌年、同書が第19回本格ミステリ大賞を受賞。他の著書に『幻月と探偵』『焔と雪』『帝国妖人伝』などがある。

雨と短銃

2024年5月10日　初版

著者　伊《い》　吹《ぶき》　亜《あ》　門《もん》

発行所　(株)東京創元社
代表者　渋谷健太郎

162-0814/東京都新宿区新小川町1-5
電　話　03・3268・8231-営業部
03・3268・8204-編集部
URL　http://www.tsogen.co.jp
DTP　キャップス
暁印刷・本間製本

乱丁・落丁本は、ご面倒ですが小社までご送付ください。送料小社負担にてお取替えいたします。

ISBN978-4-488-48122-3　C0193